ことのは文庫

鎌倉硝子館の宝石魔法師

守護する者とビーナスの絵筆

瀬橋ゆか

MICRO MAGAZINE

CONTENTS

鎌倉硝子館の宝石魔法師

守護する者とビーナスの絵筆

オープニング。放課後は硝子館で

昔から、透明感があってキラキラと輝くものが好きだった。

例えばガラス細工、クリスタル、そして宝石みたいなもの。

ただ、手に入れたいとかそういうことではなくて。そこに在るのをじっと眺めているだけでも十分心が満たされる、そんな感覚で大好きだった。

まるで小さい子供が、色とりどりのケーキが並ぶショーケースを、目を輝かせながらじっと眺めているみたいに。

だからこの店内の光景は、まさに私にとっては理想そのものだった。

『硝子館《がらすかん》　ヴェトロ・フェリーチェ』。それが、この店の名前。

ダークチョコレート色の扉を開ければ、そこに広がるのは夢のような世界。

曇り一つなく磨かれた大きな窓ガラスの傍には、細かく表面がカットされたクリスタルガラスのサンキャッチャーがいくつも並び、店内に虹色の小さな光の水たまりをそこかしこに作っている。私が足を踏み入れると、何色もの配色が映えるステンドグラスのライトスタンドが、まずは扉近くの棚で出迎えてくれた。

「うわあ、綺麗……！」

店の中は予想よりも広かった。床はまるで高級ホテルのロビーみたいな、シックなワインレッドのふかふか絨毯《じゅうたん》。高い天井からは、シャンデリアがぶら下がっていた。

店内にはところ狭しと、ありとあらゆるガラスでできた雑貨が溢れている。ひっくり返すと幻想的な雪が中でちらちらと瞬くスノードーム、ガラスでできたピーチツリー、煌《きら》めく銀のような模様を閉じ込めたガラス玉、はたまたガラス製の精巧な地球儀、ガラス細工のバラが蓋に繊細に埋め込まれたオルゴール、クリスタルガラスが内包されている万華鏡など、枚挙にいとまがない。

まさに私の理想の空間、なのだけれど。

部屋の奥へと目を遣《や》った私は、それどころではなくなった。こんなにも、大好きなものに囲まれているのに。

でも、それは仕方がない。だって目の前に、予想外の人物がいるからだ。

「あ、蒼井《あおい》くん!?　なんで？」

私はあっけにとられて呟《つぶや》く。

ガラス雑貨が整然と並べられている店内にある一番奥のレジ。そこにしれっと、さっきまで私と高校の教室で一緒に授業を受けていた男子生徒が、静かに本を読んで鎮座していたのだから。

「なんでって言われても、この店はうちの身内のものだし。僕のほうこそ、聞きたいかな」

その美少年は首を傾げ、目を丸くしたのちにぱたんと本を閉じた。

少しだけ色素が薄く、日に透けると茶色に変化して見える彼の髪が、静かに揺れる。無造作に左右へ分けられた前髪からは形の良い眉が覗《のぞ》き、髪の毛と同じく日の光の下だとミルクチョコレート色に見えるぱっちりとした瞳がその下に配置されている。筋の通った鼻《び》梁《りょう》の下には薄い唇。

はばからずに言えば、巷でよくいわれる「イケメン」だ。

レジから立ち上がった彼を見つめ、私はその場に固まった。蒼井くんは訝《いぶか》しげな眼でこちらを見ている。

こんなことになるなんて、三十分前までの私は予想もしていなかった。

三十分前。

季節は初夏、瑞々しい新緑の気配が、柔らかなブルーの空の下を漂う暖かい日。

鎌倉《かまくら》駅前を通り過ぎ、私は小町《こまち》通りへと歩を進めていた。

ここ、武家の古都・鎌倉は、海あり山ありの景勝地。鎌倉五山などをはじめとして数多くの寺社が点在する一方、綺麗な街並みが広がり、魅力的な飲食店も集まっている。大通りは海にも道が続いていて、少し足を延ばせば、穏やかな海原を眺め、潮の香りを吸い込みに行けるのだ。

私が今歩いているのは、その鎌倉の中心地。鶴岡八幡宮《つるがおかはちまんぐう》を中心に、参拝客や観光客でにぎわうエリアだ。細い道には、思わず足を止めて入ってみたくなるような素敵な店が軒を連ねている。通りを一本入ると古い洋館や教会がさりげなく佇んでいたりもする、和洋《わよう》折衷《せっちゅう》な雰囲気の街並みだ。

中でも、鎌倉駅東口の鳥居から鶴岡八幡宮の方までまっすぐに続いている小町通りは、鎌倉の有名な観光スポットで、お土産屋さんなどが並ぶ通りとしても知られている。

「うう、美味《おい》しそうな匂いがする」

そして、食べ歩きのできるものを売っている店が多い道でもある。

パリパリ生地にレモンの酸味とシュガーのざくざくした歯触りがたまらないレモンシュガークレープが有名な、生地を主役にした珍しいクレープ屋さん。

苦さを抑えられるぎりぎりまで抹茶を贅沢《ぜいたく》に練り込んだ、濃厚な抹茶ソフトクリームを売っている店に、焦がしバターの匂いがほんのり漂ってくるスイーツの店。

美味しいものがテイクアウトできる店だけでなく、他にも和傘やかんざしの専門店、ポップでかわいらしいデザインの文具が売っている雑貨店、何種類もの手ぬぐいが店頭にずらりと並べられた手ぬぐい専門店と、人気店がひしめき合うこの通りは常に人通りが絶えない。

思い思いの時間を過ごす人たちの間を縫って、私は先を急ぐ。

ここを抜けて少し右へ進んだところには、鶴岡八幡宮の鳥居があって。周りを圧倒するスケールの鳥居の前を通り過ぎ、私はさらにその先へと歩いていく。

さっきまでとは打って変わった静かな通りを、鎌倉の中心部を流れる滑川《なめりがわ》の方角へ歩いて五分ほど。

見覚えのある、小さな洋館が見えてくる。薄茶色のレンガの壁に、緩やかに斜めの線を描くレンガ色の屋根。ステンドグラスを嵌め込んだアンティーク調のどっしりとした扉の前に、私は立ち尽くした。

『硝子館　ヴェトロ・フェリーチェ』。レンガの外壁に埋め込まれた銀色のプレートに、洒落《しゃれ》た黒色の斜体文字で、そう店名が刻まれている。

「今日こそ、入ってみようかな」

私はその扉を見上げながら、ごくりと唾を飲み込んだ。なんだか落ち着かなくて、高校の制服から着替えてきた春物のグレーのニットワンピースの袖をぐっと握り、周りをそろりと見回してみる。

大丈夫、周りには人通りがない。

前々からこのお店が気になっていたものの、なんとなく高級そうなアンティーク調の扉に気が引けて。

今日こそはと気合を入れて、この前バイトのお給料で買った五千円の新品ワンピースを下ろしてきたのだ。五千円は、高校二年生にとっては実に高い。一日使い捨てコンタクトレンズ一か月分と同じくらいの値段だ。

「うん、この後も買い物しなきゃだし。迷ってないで早く入る！」

自分に言い聞かせながら、こげ茶色のアンティーク調の扉を思い切って開け――。


そうして時は、今に戻る。

「で。桐生《きりゅう》さん、どうやってここに来たの？」

蒼井くんは本を閉じると、すっと立ち上がった。対する私は、その場に固まったまま立ち尽くす。

ネイビーのシンプルなYシャツを、第一ボタンを開けてさらりと着こなし、細身の黒いズボンが彼の足の長さを際立たせる。シャツの左胸についている小さく黒光りするブローチも、そのシックな装いに似合っていた。

学校の制服を着ているときの爽やかさとはまた違った魅力のある、大人びた姿だ。学校で彼を『王子』と呼んでいる人たちがこの姿を見たら、いったいなんと形容するだろう。

「……どうかした？」

どこか探るような目で尋ねてくる彼の姿を眺めながら、私はゆっくりと瞬きをする。

「いやあの、ちょっと驚いて」

まさか彼が、私の名前を認識してくれていたとは。

私と彼は、話したことがない。今は五月初め、私たちが高校二年生に上がる時のクラス替えで同じクラスになって、一か月あまり。私はといえば、クラスの女子はあらかた把握《はあく》したものの、男子とはまだあまり絡みがない。

「驚くって何に」

「にゃあ」

蒼井くんの言葉に被せるようにして、何かが鳴き声を上げ、とてとてと駆け寄ってくる。

私の視線は自然とそちらに吸い寄せられた。

「わ、かわいい！」

曇りのない淡いブルーの色の瞳をした、毛並みの良い黒猫が、こちらをまっすぐ見つめながら近寄ってきた。私は思わずしゃがみ込んで、その猫を見つめる。

「蒼井くんの猫？」

「……まあいいや。そう、ティレニアって名前」

なぜだか小さなため息を一つついた後、蒼井くんはゆっくりこちらに向かって歩きながら教えてくれた。

ティレニアってどこかで聞いたな、と私は記憶の中を探る。確か、イタリアの海の名前だったような。

大人しく、まん丸な目でこちらを見つめ返す澄んだ海色の瞳。その目をじっと見ていると、確かにこの猫にしっくりくる名前だな、とどこか腑に落ちた気分になった。

「この子の目、宝石みたい」

黒猫の淡いブルーの目は、つやつやと輝く宝石みたいに透き通っている。あまりに綺麗すぎて思わずそう呟いていると、蒼井くんの「……ふむ」と言う声が聞こえてきた。

「ありがとう。そう言ってもらえると、ティレニアも喜ぶ」

よっ、と言いながら蒼井くんはティレニアを抱き上げる。黒猫は私の顔に視線を合わせたまま、じっとその腕にうずくまった。

「ところで、まださっきの質問に答えてもらってないんだけど。どうやってここに来たの？」

蒼井くんと猫、二対の目がじっとこちらを窺《うかが》っている。そうだった、と私は慌てて道順を思い返しながら、口を開いた。

「えっと、小町通りぶらぶらして鶴岡八幡宮の前を通り抜けてきた」

「……なるほど？」

蒼井くんの首が横に三十度ほど傾く。その腕の中でティレニアがもぞもぞと体勢を変え、彼が着ているネイビーのＹシャツの左胸のあたりについているブローチが、改めて私の視界に入ってきた。

「なに？　僕になんかついてる？」

私の視線に気づいたのか、蒼井くんが不思議そうに質問を投げかけてくる。

「その左胸のブローチの石、綺麗だなって」

彼の左胸の辺りに留まっているブローチは、少し大きめの艶めいた石でできたシンプルなものだった。彼の着ている服はネイビーだし、ちょっと距離があるから色は判別しづらいけれど、近づいてみれば深い緑色のようにも見える。

「左胸……？」

怪訝《けげん》そうに眉をひそめながら、蒼井くんは自分の左胸に目を遣る。

数秒間そのままの姿勢でいたかと思うと、彼はがばりと顔を起こし、目を見開きながらこちらへ詰め寄った。

「何が、見える？　どんな色？」

蒼井くんの口から矢継ぎ早に質問が繰り出される。その質問の意図が分からず、私は面食らった。

――彼自身が身に着けているものなのに、なぜ、そんなことを聞くのだろう。

疑問が頭をよぎったものの、目の前にはさっきまでとは打って変わって真剣な表情の蒼井くんがいて。じっとこちらの答えを待つ彼に質問返しで会話の腰を折る勇気は、私にはなかった。

「い、石みたいなものでできたブローチが見える……けど」

「色は？」

ずい、とさらに詰め寄られ、私は後ずさる。

「深い緑みたいな色、に見えるっちゃ見えるんだけど、でも」

「でも？」

曖昧な答えだけでは蒼井くんの勢いは止まらない。尻切れトンボになりかけた私の言葉を、彼は聞き逃さなかった。

「……色がはっきりとは分からないかも。これって何色、なんだろう」

確信が持てず、私の答えはどんどん鈍る。彼のブローチの色は深い緑のような青のような色に見えるけれど、色が深すぎてなんとも形容しがたい色をしていた。

「……やっぱり、そうか」

私の言葉に蒼井くんががっくりとうなだれる。その拍子に少し緩んだその腕からするりとティレニアが地面に着地し、その場に行儀よく座り込んで彼を見上げた。まるで心配しているかのようなそぶりで。

「ごめん、はっきり答えられなくて」

こちらが申し訳なくなってくるほどの落ち込みように、私は慌てて彼に声をかける。

「いや、うん、そうじゃないんだけど」

何が「そうじゃない」なんだろうか。疑問に思う私を前に歯切れ悪く答えながら、蒼井くんは何かを考え込んでいるようだった。

しばし流れる沈黙。ふいに蒼井くんはぱっと顔を上げ、思いついたように尋ねてきた。

「桐生さんはさ、この店内の商品欲しい？　どれも貴重で価値のあるものばっかりなんだけど」

「え？」

唐突な質問に、私は戸惑って店内を見回す。

昼間の明るい光に照らされた店内は、そこかしこに小さい虹をいくつも放つガラス細工であふれていて。特にキラキラした綺麗なものが好きな人なら、誰でも思わず足を止めて眺めてしまうようなものばかりだ。

「これなんか、中に宝石入ってるんだけど。例えば誕生日プレゼントとか何かの記念品に、これあげるって言われたら、欲しい？」

蒼井くんが店内を颯爽《さっそう》と歩き、クリスタルガラスを内包した万華鏡を手に取る。

彼が器用に万華鏡をパーツごとに分解すると、模様を形作るオブジェクトを入れるガラス球の中から、煌めきを放つ石がいくつも転がり出てきた。

「この中に入ってるやつ、実はカットを施したクリスタルガラスだけじゃなくてさ。他にもルビー、サファイヤ、エメラルドとか色々あるんだけど」

どう？　と、天使のような笑顔で尋ねてくる蒼井くん。私は戸惑いつつも答えを返すべく、彼の手のひらの上で光る宝石たちを見つめてみる。

正直なところ、欲しくないと言えば嘘になる。眺めているだけで十分だなんて思っていた私でさえつい手にとってしまいたくなる、それくらい魅惑的な輝きをその宝石たちは持っていた。

――でも。

「うーん……すっごく素敵だし確かに欲しいけど、いらない、かな……」

目の前で誘うようにキラキラと光を放つ宝石たちから目を引きはがし、私は答えた。

「欲しいけどいらない？　矛盾してるね。どうして？」

蒼井くんが肩をすくめながら、私に質問を重ねる。

「『プレゼントとか何かの記念品に、これあげるって言われたら』ってさっき言ってたけど、私はそれに見合うようなモノ、返せないもん。貰《もら》ったら貰いっぱなしって気持ち悪いし、ちょっと重い、かな」

　ガラス細工や宝石たちの煌めきは本当に見事で、時間が許すならばずっとここにいて眺めていたい、それくらい魅力的だけれど。

　プレゼントとして貰うにしても、それを受け取るに値する何かを私ができるわけではなく、しかもそれをくれた人に何かを返せるとも思えない。貰っても申し訳なくなりそうだ。

「なるほどね」

　蒼井くんは考え込みながら、彼の足元にちょこんと座っているティレニアの方を見ている。黒猫もじっと蒼井くんを見つめ――ややあってひと声「にゃあ」と鳴くと、俊敏な動きで身を翻《ひるがえ》し、店の奥へと駆けていった。

「あ、行っちゃった……」

　名残惜しく、私は黒猫が消えていった方向を見つめた。と同時に、猫がいなくなったことをきっかけに緊張感が胸までせり上がってくる。これで私は蒼井くんと二人きりで話さなければならなくなった。

　さっきまで何を話していただろうか。緊張のあまり黙りこくった私の前で、蒼井くんがまたこちらに視線を戻した。

「うん、よし」

「ん？」

私の緊張などどこ吹く風といった様子でにこやかに、謎にうんうん頷《うなず》くクラスメイト。彼に向かって、私はひとまず聞き返す。何が「よし」？

「桐生さん、ここでバイトしない？　ちょうど探してただろ」

「……んん？」

唐突な展開に、私は思わず首をひねった。

「私、バイト探してるなんて話したっけ？」

そう、私は彼と話したことがない。それなのになぜ知っているのかと訝しく思ったものの。

「え、いつ？」

「バイト探してるって話聞いた」

「休み時間に話してるのが聞こえて」

涼しい顔での即答である。私は言葉に詰まった結果、「……まじですか」とぼんやり返すしかなかった。

確かに最近、アルバイトを探していたのは事実。今のところスーパーでアルバイトをしているけれど、何かもっと条件がいいところがあるなら儲けものだと思ったのだ。スマホでひたすら検索したり、アルバイト経験があるというクラスメイトに話を聞いたりしていたのだけれど。まさかそれが彼の耳に入っているとは思わなかった。

「桐生さん、部活も入ってないだろ。すぐ帰るし」

「お、仰る通りで……」

私が目を見開いて返すと、蒼井くんはふと怪訝そうな表情になった。

「その反応、何」

「はい？」

「そんな驚くことだった？」

問われた私は思わずぽかんと開きっぱなしだった口を閉じた。どうやらよっぽどの間抜け面を晒《さら》していたらしい。

「いや、なんて言うんだろう。蒼井くんに自分が認識されてたことへの驚き……？」

「なんじゃそりゃ」

意味が分かんないんだけどと口をへの字に曲げられ、私は黙って曖昧に微笑《ほほえ》むにとどめる。対する蒼井くんは自分の鼻をかきながら「ああ」と呟いた。

「まあ、クラスメイトだしな。同じクラスなら大体分かる。人間観察は大事だし」

「大体分かる」のところで「すごいね」と返そうとしたのに、次に続いた彼の言葉のインパクトにやられ、私は思わず蒼井くんの顔を二度見する。『朝顔の観察について』みたいな気軽さでさらっと言ってきたけれど、いま結構すごいことを言っていたような。

「時給は三千円。で、仕事はこの店の店員業務。どう？　こちらとしては、ぜひとも働いてもらいたいんだけど」

　戸惑っていたところに、唐突に示された好条件。私の意識は一気にそちらへ引っ張られた。

「え、店員業務だけで三千円？　高くない？」

「扱ってるものが高いからね。当然、壊したら自腹で弁償。そのリスクも込み」

　そう言われて、私は納得する。そういえばさっきの万華鏡の中にも宝石が入っていたりするんだった。ガラスだって特別カットのものは宝石並みに高いし、それなら腑に落ちる。

「なんで私？」

「信用できそうだから。さっき宝石いるか聞いたとき、見合うようなものが返せない、いらないって言っただろ。あれは等価交換の関係を、ちゃんと理解できてる人の言葉だからさ。絶対に、そういう人は盗みをしない。それに」

　ニヤリと不敵に笑って、蒼井くんは私の顔を覗き込んだ。

「僕に何かしたりしたら、学校での君の立場が危ない。分かるだろ？」

　こ、こいつ、学校での自分の立ち位置を分かって言ってるな……。私はあんぐりと口をあけてしまった。平たく言えば、悪いことをしたらバラすぞということだ。学校の人気者である彼の、ファンと友人を敵に回すなんて想像するだけで恐ろしすぎる。万事休す。

「ま、桐生さんは僕にとって安全な人材ってことさ」

ぽん、と私の肩に手を置いて蒼井くんが朗らかに言った。

なんでだろう、多分ここはときめくところなんだろうけれど、肩に触れられても全然嬉しくない。むしろ、笑顔が怖い。

「どうする?」

笑顔のまま、聞いてくる蒼井くん。私はしばし考え込んだ。笑顔は胡散臭《うさんくさ》いけどバイト先の待遇がいいし、家からも比較的近いし。よくよく冷静に考えれば、何かしたら学校での立場が悪くなるのは、私ほどじゃなくても、彼も同じじゃないか。私もだけれど、蒼井くんも悪さができない。

彼は、私にとっても「安全な人材」だ。

「分かった。ここでアルバイトさせてもらってもいいでしょうか」

「本当か！　助かる、ありがとう」

蒼井くんは天使のような極め付きの微笑みを繰り出す。その笑顔はずるい、と思わせるほどの威力の。

「じゃあ決まりだ。これからよろしく、桐生さん。改めまして、蒼井悠斗《ゆうと》です」

「あ、改めまして、桐生更紗《さらさ》です」

私は彼と握手をする。数秒後、握手を解いたところで「にゃおーん」という鳴き声が足元から聞こえてきた。私と蒼井くんは揃ってそちらに目を向ける。

黒く艶やかな毛並みに、淡いブルーの瞳。黒猫が戻ってきたのだ。

「ティレニアも、よろしく」

猫の目線までしゃがみ込んで言うと、ティレニアは尻尾をゆったりと揺らしながら静かにこちらを見返してきた。

「じゃあ初日は明日で。どう、空いてる？」

「うん、空いてる」

私は身を起こし、スーパーのアルバイトのシフトを頭の中で確認してから頷いた。

「了解。ちょっとここで待ってて」

「あ、うん……って、そういえばお店は？」

蒼井くんが席を外してしまえば、店員がこの空間からいなくなるではないか。さっきまでひたすら個人的な話をしておいてなんだけど。

「ああ、そこは心配しなくて大丈夫」

謎の言葉を残し、蒼井くんはさっさと店の奥へ向かってしまった。

「……何が大丈夫なんだろうね？」

取り残された私はティレニア相手にそう呟いてみる。黒猫はなんの音も立てず、のっそりとその場にうずくまった。

私は暫《しばら》く立ち尽くしてから、猫の方にしゃがみ込む。試しにそっと背中の毛を撫でてみても、黒猫はその場で微動だにしない。相当人馴れしているらしい。

　まったりと目を閉じたり、そっと細目を開けてみたり。そんな猫の姿を見ていると、その場だけ緩やかな時間が流れているような、不思議な感覚に襲われる。

　だから蒼井くんが戻ってきたときも、「待った」という感覚はほとんどなかった。

「……ったく、いつの間に」

　ぶつぶつと独り言《ご》ちる声が頭上で聞こえて、私は顔を上げる。

「ごめん、待たせた」

「ううん全然」

　顔を上げた私の眼前に、一枚の紙がひらりと示される。

「これにサインくれる？　はい、これサイン用のボールペン」

「あ、うん。ありがとう」

『雇用契約書』という文字が一番上におどる書面。書類とボールペンを受け取ってひとまずざっと読んでみると、先ほど蒼井くんが言った通りの契約条件が書いてあった。店員業務に従事すること、時給のこと。あとは、店内の写真や得られた情報を許可もなしに勝手にネットに上げないだとか店の損害になることはしないだとか、ごく当たり前の契約内容がずらりと書いてある。

「ハンコとかは要る？　今持ってないんだけど」

立ち上がりながらそう尋ねると、なぜだか憐れむような微笑みを向けられた。

「契約ってのは本来、当事者の合意によって成立するもんなの」

「……つまり要らないってことですね、了解です」

学校での様子から勝手に作られていた蒼井くんのイメージが、どんどん遠ざかっていく。王子は王子でも、ひねくれ王子様だ。

「サインするなら、レジのカウンター使っていいよ」

「あ、ありがとう」

私は我に返ってレジまで歩み寄り、カウンターの上で契約書に署名した。

「よし、じゃあ明日からよろしく。詳しいことは明日説明するから」

蒼井くんが契約書を受け取りながらにこりと微笑む。店員業務において「詳しいこと」とは？　と思ったが、私は素直に「分かった」と返事をしてしまった。

私はまだこのとき、気が付いていなかった。このアルバイトが、「ただの」店員業務ではないことに――。

第一話・紅い宝石と小指

硝子館に私が足を踏み入れた、その翌日の放課後。帰りの支度をしつつ、私はこっそりとスマホをスカートのポケットから取り出した。

スマホの連絡帳アプリを呼び出すと、「あ」行の一番上には蒼井くんの名前があって。タップすると、スマホのディスプレイに彼の名前と連絡先がくっきりと浮かび上がる。

「あれ、蒼井くん帰っちゃった？　困ったな、伝えたいことあったのに」

ちょうど自分の後ろから蒼井くんの名前を呟く声が聞こえ、私はスマホの画面をさっと閉じた。

「牧田《まきた》さん」

まっすぐストレートでさらさらのロングの黒髪、意志の強そうなきりっとした眼。牧田明美《あけみ》という名のこの彼女は、クラスの学級委員長だ。見た目から受けるイメージそのままにてきぱきと何事もこなし、真面目で姉御肌。学級委員長に彼女の名が挙がった時はクラス全員が満場一致で賛成したくらい、頼れる存在感を発揮している。

「ちょうどよかった。桐生さんにも同じ用件があって」

「用件？」

「今度、校外学習あるでしょう？　締め切りより前だけどとりあえず明日、回る地点の案を参考で聞こうと思って」

「……あ」

来月にある高校の校外学習は、生徒自身が回る地点を考えることになっている。地元の鎌倉や江《え》の島《しま》など、一日で帰ってこられる範囲内ならどこでもOKという、アバウトなお題だ。うちのクラスでは一人一人が案を出して、票が多かった場所をいくつか回る予定になっていて。その締め切りが確か来週だった。とりまとめは牧田さんだ。

「蒼井くんにも伝えたかったんだけど、連絡先教えてくれないし。あの人、捕まりづらいのよ」

やれやれと牧田さんがため息をつく。

「連絡先を教えてくれない？　蒼井くんが？」

なんだそれは。謎の秘密主義？

「あれ、知らない？　そっか、桐生さんは聞いてないのか」

ちらりと周りを見遣ってから、牧田さんは私の方に身を屈めてひそひそと囁《ささや》いた。

「蒼井くんの連絡先、色んな女子が知りたがって聞き出そうとしたんだけど。『携帯持ってないんだ』とかなんとか、断り文句をひねり出されて誰も教えてもらえなかったんだって」

「え」

「イマドキそんなの嘘でしょって思うけど、はっきり言われたら食い下がれもしないし。みんな見事に撃沈」

確かに、そんなことを言われたら誰だって撃沈する。遠回しに「君には教えない」と言われているようなものだ。

「まあ、明日言うかなぁ……急ぎじゃないし。じゃあ桐生さん、ゆっくり考えておいてね。また明日」

「うん、また」

軽く手を上げて、私は席を立った。なんだかスマホが手の中でずっしりと重い。

そんなところにタイミングよく、スマホがメッセージの着信を知らせる通知で震えた。

「うぉっ」と変な声が出て、私は慌てて口を押さえる。

『今日の十七時からよろしく。とりあえず、しばらくは体験って感じでそんなビビらなくていいからどんなもんか見てみて。あ、店員用の服は用意してあるから学校から直で来てくれる？』

そんなメッセージが一通。私は深く息を吸って、教室を出た。

――そう、今日があの店で働く一日目。

「ビビらなくていいって何よ、私そんなに品物割りそうって思われてんのかな」

『硝子館　ヴェトロ・フェリーチェ』と店名が刻まれた銀のプレート。その横の扉をそっと開け、私は中を覗き込む。

「ああ、いらっしゃいませ。お待ちしておりました」

「……へ？」

目の前に蒼井くんはいないのに、男の人の爽やかなハスキーボイスが聞こえた。しかも蒼井くんとも違う、聞きなれない声だ。店内に他の男の人がいないか、奥までさっと見渡してみる。目に見える範囲には誰もいない。

「どこ見てるんですか。こっちですよ、こっち」

下の方から声が聞こえて、自分の足元を見遣り。

人間、本当に驚いたときは声が出ないものだと、私はこの歳にして初めて実感した。

「あらら。固まっちゃいましたね」

やれやれ、と優雅に首を振るのは昨日蒼井くんに抱きかかえられていた黒猫、ティレニアだ。

なんと。猫が、喋《しゃべ》っている。

「すみません間違えました」

私は早口で言って扉から手を離し、後ずさる。重厚な扉はなかなかすぐには閉まってくれなくて、私は汗をかきながら、目の前で閉まりゆく扉を呆然と見つめた。

「ちょっと待って、一回整理しよう」

動悸が治まらない胸をさすりながら、ひとまず自分に言い聞かせてみる。そうだ、一回落ち着こう。

「何を？」

落ち着こうとしている矢先に予想だにしない方向から声が聞こえてきて、私は反射的にそちらを見る。私から見て斜め前の方向にある店の窓から、蒼井くんがひょっこりと身を乗り出して手を振っていた。

「あ、あの、猫が」

「ああ、ティレニアでしょ。喋ってた？」

ころころと爽やかな声で蒼井くんが笑う。え、そこ笑うところなの？　びっくりが収まらないんですけど。

呆然とする私の前に、キィと店の扉を開きながら蒼井くんが現れた。

「……すごい顔してんね」

「いやびっくりするでしょ、普通」

見るなり「すごい顔」とか言わないでほしい。だけど蒼井くんの顔を見た瞬間、少しだけ心が落ち着いた。

蒼井くんはこの前店で見た服にすっかり着替えていたけれど、その胸にはあのブローチはなかった。妙に存在感のあるブローチで気になっていたから、じっくり見てみたかったのに。この前もっとちゃんと見ておけばよかった。

「まあそうなりますよね、いきなりすみませんでした」

そう言いながら、蒼井くんの足元にティレニアが進み出てきた。心なしかしゅんとひげが下を向いている。正直、かわいい。驚いたことに喋るけど。しかも、敬語で。

「……やっぱりこれ、夢かな」

どう考えてもおかしい。敬語で喋る猫なんて現実にいるわけがない、物語の読みすぎだ。そう思いながら自分の手の甲をつねってみる。

「いや普通に痛い」

痛覚はこれが現実だと私に伝えてきて、私の顔からさあっと血の気が引く。じゃあこの状況はなんなのだ。

「一人コントしてるとこ悪いけど、それも含めて説明するからまずは着替えて。お客さん、来てるから」

あまりの展開に思考停止した私の前に屈み込みながら、蒼井くんが柔らかな笑顔で言った。

「お客さん?」

「ほら、後ろに。——いらっしゃいませ、お客様」

私は慌てて振り返る。確かにそこには、女の人がいて。

「あ、あのすみません、このガラス細工のお店、入ってみたいなって気になってて……」

女の人は礼儀正しく、ぺこりと頭を下げた。

ミディアムロングくらいのさっぱりとした黒髪、白いシフォンのブラウスにすらっとした黒いズボン、そして濃い紺色の七分袖のジャケット。

見るからに「働くオトナの女性」といった感じの人だ。

「ええ、ぜひどうぞ。色々品物があるから、見ていってください」

蒼井くんが天使スマイルを繰り出しながら、お客さんを店内に通す。その女性はもともとこういったものが好きなのか、早速興味津々な目で、店内に陳列されたガラス細工に見入っていた。

「ほら、着替えて来て。高校の制服のままじゃまずいでしょ。更衣室は奥の扉を開けた先の、左側の方な」

ほれほれ早く行った、と蒼井くんが一抱えの袋をこちらに投げて寄越《よこ》す。どうやら説明は後回しらしい。

状況が呑み込めないながらも、このまま立ち尽くしていても何かが分かるようになるわけでもない。考えても仕方がないからとりあえず動こう、と私は現実逃避のように目の前のことだけ考えることにした。

人間、動転しているとどうも感覚が麻痺するらしい。後から考えても、この時の自分への感想はそれしかない。

蒼井くんが寄越した袋を持って、彼に示されたレジ奥のブラックチョコレート色の扉へ向かう。扉を開けると中には白い廊下が横に延びていて、さらに扉が二つ並んでいた。左の黒い扉を開けて、私は中に滑り込む。

中にはクリーム色のソファに、クリーム色のカーペット、全身が映せる姿見。部屋の右側には服がかけられるクローゼットもある。私は先ほど渡された袋の中から服を取り出して広げた。

「わ、かわいい服……ってこれ、似合うのかな」

ひらりと広がったのは、ネイビーのシンプルなワンピース。似合うかどうかはともかく、これが制服ならとりあえずは着替えねば。

早速着替えてみると、すらりとしたスタイルのワンピースで、ちょうどウエストの部分が切り替えになっている。きゅっとしまるウエスト部分に黒い腰リボンを結んで、着替えは完了だ。

袋の中には黒いショートブーツも入っている。試しに履いてみると、サイズはぴったりだった。

　ガチャリと扉を開けて、真っ白な廊下に私は出ていく。

「お、似合うじゃん、そのワンピース」

「ひっ、蒼井くん！」

「俺はオバケか？」

　扉を開けた途端、真っ白な壁にもたれた蒼井くんが目の前にいて。びっくりして後ずさると、蒼井くんは呆れたような表情でやれやれと首を振った。

「ん、今『俺』って言った？」

「早く行くよ」

　彼の一人称に違和感を覚えて首を傾げる私を、蒼井くんが急かす。私は、店内へと続く、黒い大きな扉を押した。

　店内に入ると、あの女性のお客さんはじっくりと品物を見て回っていた。そこから数メートル離れたところには、ティレニアが背筋をピンと伸ばし、前足を二本揃えて猫らしく座り、お客さんを見守っている。

　その女性は、今度はガラスの地球儀を見ようと身を屈めている。彼女が、その拍子にさらりと頬にかかる髪を耳にかけようとしたその時。その左手の小指に、指輪が嵌まっているのを私は見つけた。

小指に嵌める指輪って確か、ピンキーリングだったっけ。

そう思いながら、私はその女の人の小指の指輪をまじまじと見る。

「どうした？」

いつの間にやら私の背後にいた蒼井くんが、私が注目している方に目を凝らしながら囁いた。

「なんか、あの人のしてる指輪、小指にするにしては太いし石が大きすぎるかなって」

そう、なんだか引っかかるのだ。ピンキーリングと言ったら小指の細さに合わせて細く華奢《きゃしゃ》なものが多いイメージだし、その指輪についているキラリと光る石は、小指の爪くらいの大きさのものなのだ。

大人しげで、華美な装飾品を身に着けていない彼女が、小指にだけやたら華美な、違和感のあるものを着けている。別に何を着けていようとその人の自由なのだけれど、なぜか私にはそれが強く引っかかった。

「小指に、指輪……ふうん」

何やらぶつぶつ言いながら、蒼井くんがお客さんの方へ歩み寄っていく。彼は表情を真剣なものから柔和な笑顔へと切り替え、流麗な動きでお辞儀をした。

「何かお気に召したものはございましたか？」

「あ、いえ、すみません。買い物に来たっていうより、なんかこのお店素敵だなあって思っているうちに、ふらふらと入ってしまって……」

女の人は珍しげに店内をぐるりと見回し、蒼井くんに視線を戻す。

「いいんですよ、そういうものですから」

大人びた表情でにこやかに言う蒼井くん。女の人の目が、さらに丸くなった。

「ええと……あなたはお店の方ですか？」

「はい。僕はここの店長の甥《おい》で、店の手伝いをしています。こっちは従妹《いとこ》です。彼女も店を手伝っていて」

私はいつ蒼井くんと従妹になったんだ。

「ほら、更紗こっち」

「う、うん？」

しかも突然のファーストネーム呼び。なかなかに心臓に悪くて私の声は裏返った。

そんな私の気持ちをよそに、蒼井くんは笑顔で私を手招きしている。

戸惑いながら近づくと、彼は後ろに回した手の中に隠し持っていたメモをさっと私に向けて示した。

『さっき言ってた小指のリングについてる宝石の色、確認しといてくれ』

いったいなんの指示だというのか。私は良く分からないながらも彼に向かって微かに頷き、女の人に目線を戻した。

「平日の学校のあとに親戚のお家のお手伝いなんて、偉いわね」

お客さんが私に笑いかけながら、そう褒めてくれる。

「ありがとうございます」

お礼を言いながらも、本当は違うんだよなぁと心がちくりと痛む。私は赤の他人で、アルバイトで、お金を貰っているから手伝いではないのに。そのことに罪悪感を覚えるくらい、しみじみと心の底から言ってくれている、そんな優しいトーンだった。

私はそっと、その女の人の左手の小指をもう一度見る。

そこには一センチくらいの幅の太いリングが嵌っていて、その中央には小指の爪ほどの宝石がきらりと光りながら鎮座していた。

宝石の色は、多分、赤。

多分、というのは目で見ても色に確信が持てないからだ。

ざっくり言えば赤に見えるのだが、煤けかかったような黒みの混ざった色。ワインレッドだとかそういう色でもなく、鮮やかな赤色が影に呑み込まれるような、不穏な色だった。

「お姉さんはお仕事帰りですか？」

「お姉さん」？　今この男子、お客さんのことをお姉さんって呼んだ？

およそ、ご来店くださったお客さんに対して少々馴れ馴れしい呼びかけである。が、しかし。この秀麗な顔立ちの年下男子からこんな微笑みを向けられながら言われれば、その破壊力は計り知れない。事実、気を悪くするどころか、お客さんの頬はほんのり赤く染まっている。

私は恐る恐る、横に立つ男子の顔に目を向ける。私の視線に気づいたらしい蒼井くんは、一瞬こちらを見やったかと思うと、私に向かってニヤリと笑ってみせた。

……この男子、間違いなく策士だ！

末恐ろしく感じると同時に、その堂々とした振る舞いに感心せずにはいられない。

彼は年上の「お姉さん」相手にも全く物おじせずに悠然としているし、立派に若い店員のお兄さんに見えるのだ。自分から申告されなければ、高校生には見えないだろう。

「え、ええ。今日はちょっと早めに上がって来たの」

お客さんの返答に、私は注意を元に戻す。蒼井くんに気を取られている場合ではなかった。仕事だ、仕事。

彼女の言葉を受け、壁掛け時計で時間を確認してみると時刻は十七時半だった。会社員にしては確かに、なかなか早めに仕事終わりを迎えているかもしれない。

「お疲れ様です、平日ですもんね。なんのお仕事をされているんですか？」

「銀行員を……」

世間話のついでのような気軽さで蒼井くんが会話を続けていく。お客さんも微笑みながら答え、和やかな空気が店内に漂った。

つと、ティレニアが黙ってひげをピクリとさせ、尻尾をゆらゆら揺らす。

「この辺にはよく来るんですか？」

「いいえ、ちょっと久しぶりに足を延ばしたら、いつの間にかここまで来ていて……」

お客さんは言葉を切り、「あ」と言って店内の壁掛け時計を見上げた。

「そろそろ行かないと。昔の同級生と飲みの予定が入ってて」

そう言いながら、お客さんが髪を耳にかけようと手を上げる。

その時、私は微かな違和感に首を傾げた。指輪の中央にある宝石の色が、さっきよりももっと、分かりづらくなっているのだ。

影に侵食されていくような赤色。宝石の黒さが増し、赤い色がさっきよりも暗く陰っている。

そんな私をよそにティレニアがとことこと女の人に歩み寄り、尻尾を振りながら「にゃー」と鳴いた。

「あら、かわいい猫」

身を屈めて微笑んだあと、お客さんが「じゃあ」と身を起こそうとしたその時。

「あ、ちょっと待ってください。二、三分で済みますので」

蒼井くんが言いながら奥の扉に入っていく。どうしたんだろう、と私とお客さんは顔を見合わせた。

「すみません、少しお待ちください……」

「え、ええ」

私の言葉にお客さんは頷き、一緒にそっと待ってくれた。ティレニアの方へ屈み込み、「綺麗な目の猫ちゃんね」とにこやかに会話までしてくれたりする。いい人で良かった、と私は冷や汗をかきながら蒼井くんの戻りを待った。

蒼井くんは言葉通り、すぐに戻ってきた。

「これ、よかったら。お客様へのお土産です。この箱、開けてみてください」

蒼井くんが両手を差し出す。その手のひらの上には、直方体の金属製の箱が載っていた。日没直後の夜空のような明るい群青色のつるりとした地に、豪奢にあしらわれた金色の唐草模様。ところどころに青い光を放つ宝石が埋め込まれていて、いかにも高級そうな箱だった。

「開けてみてください」と言われて、お客さんが群青色の箱の上蓋に手をかける。

「わ、綺麗……」

じわりとお客さんが呟く。その箱の中には、アンティーク調の『鍵』が、鈍い金の光を放っていたのだ。全体の長さは十センチほど。鍵の持ち手の部分には一つ、紫と明るい青の中間色の、人差し指の爪ほどの輝く石が光っていた。

「どうぞ、お持ち帰りください」

「えっ」

「うちでお客様へのおまけにお渡ししている、キーチャームなんです。皆さんにお渡ししてますから」

「ええ、でもこんな高価そうなもの……」

お客さんはびっくりしたような顔で首を横に振る。確かにこの鍵、アンティーク家具のお店とかで売っていそうなシロモノだ。

「この石、品質の問題で商品として売り出せなかったりするものを使っているんです。ですのでお気になさらず」

「本当にいいんですか……？」

「勿論です」

ダメ押しのような蒼井くんの天使の笑顔に押されてか、お客さんはゆっくりと鍵のチャームを手に取る。鍵一つだけが大事に収められていたその箱の中身は、空っぽになった。

「あ、ありがとうございます。すごく綺麗」

「良かった。またぜひ来てください」

蒼井くんが微笑みながらティレニアを腕に抱き、お礼を言いながら出て行くお客さんを見送る。

そして、お客さんの姿が見えなくなった途端。

「いやあ、疲れた疲れた」

さっきまで天使の微笑みをたたえていた蒼井くんが真顔になり、カウンターの後ろの椅子に座り込む。

「……悠斗」

「あ、ごめんごめん」

ぼそりとティレニアが低い声で唸るように言うと、蒼井くんが慌てて身を起こした。

「説明すっ飛ばしてた。まあ最初はこんな感じ。何か聞きたいこととかある？　なんでも答えるよ」

ごめんと手を合わせながら尋ねてくる蒼井くん。いや、本当に色々すっ飛ばしすぎだと思うんだけど。

「……」

聞きたいことは山ほどあるけれど、頭の中で質問同士が我先にと喧嘩していて、言葉が出てこない。

私の表情からそれを悟ったのか、蒼井くんは「まあそりゃそうだわな」と言いながら苦笑した。

「一個ずつ答えるから、とりあえずこの椅子に座って。まずは鑑定しないと」

混乱する私に構わず、蒼井くんは優雅に椅子に座り直す。目で促され、私も蒼井くんの横に用意されていた椅子に渋々座った。

「ところで、さっきの女性の小指にあった宝石の色は？」

「ええと……多分、赤だと思う」

自分でもなんとなく歯切れが悪いのを自覚しつつ、私は蒼井くんの質問に答える。蒼井くんは頭の後ろでのんびりと手を組みながら口角を片方持ち上げた。

「多分ってのは、どうして？」

「……なんか赤いんだけど、黒みが混ざってて。あれって何色っていうんだろう」

「なるほど、ね」

蒼井くんが頷きながら先ほどの箱を取り出し、蓋をぱかりと開ける。その中を覗いた直後、彼は微かに歓声を上げた。

「お、ほんとに赤い色してる。ビンゴ」と蒼井くん。

「本当ですね。どうやら彼女は、本物かと」と、喋る猫。

二人して笑顔で私を見る。二人というより、一人と一匹が。

「な、なにが本物だって？」

「桐生さんの目。これ、見えるだろ？」

私は立ち上がって、蒼井くんがこちらに向かって差し出している箱の中を覗き込む。中身を見た瞬間、私はついごくりと唾を飲み込んだ。

箱の中は黒いビロード素材。さっき、空になったはずの中身。そのふかふかとした内装の真ん中に、宝石が鎮座していたからだ。先程お客さんの指に見えた指輪の金属部分は見当たらないけれど、その宝石はまさしくあのお客さんの指に見えていた宝石と同じもの。深い深い赤みをたたえ、店の照明にあたってキラリと光を放つ宝石。

そしてその色は、赤いながらも黒い色みが混ざっていて、やはり私にとって「赤」とは断定できない色だった。

さっきお客さんに鍵が渡った時には箱の中になかった宝石が、なぜここに。私が訝しげにそれを眺めていると、蒼井くんは箱をカタリとカウンターに置いて、私にまっすぐ向き直った。

「え」

「この宝石、当事者と俺たちみたいな奴以外、普通は見えないはずなんだけど」

「やっぱ、見えてんな」

私は訳が分からないながらも、ゆっくりと頷いた。差し込む西日に照らされるその宝石は、夕日の輝きを宿しているかのように淡く光る。

「人っていうのは誰しも心に宝石を持ってる。——俺たちの仕事は、その鑑定とメンテナンス。俺たちは、その仕事を代々請け負っている、宝石魔法師の末裔《まつえい》だから」

その目は真剣そのもので、とても冗談を言ってからかっているようには見えない。

だけど、心の宝石にメンテナンスと言われても正直全然ピンとこない。

いったい彼は、何を言っているのだろう。

「この店に来るお客様は、心に悩みを抱える人たちなのです」

戸惑う私の目の前のカウンターにティレニアが飛び乗り、話しながら私と目線を合わせてくる。喋る猫という摩訶不思議な光景、再び。

「悠斗たち宝石魔法師には、この『青の箱』を使えば、お客様の心を反映した石言葉を持つ宝石が見えますし、その状態も見ることができます。『心の宝石』を鑑定して、色が汚れている――つまり、悪い状態であれば、宝石の力を使ってその人の悩みを解決する手助けをするのです。それをメンテナンスと呼んでおりまして」

「は、はあ……」

目を丸くして呆然とする私の前で、蒼井くんは「そうそう」と言いながら黒猫を手で指し示した。

「このティレニアはうちのご先祖様たちの時代からいる使い魔な。もう何百年と生きてるし、言葉も話せる」

「どうも。改めて、よろしくお願いいたします」

黒猫が前足を軽く上げて丁寧な言葉で挨拶をしてくる。私は硬直したまま、微かに頷いて見せた。

「よ、よろしくお願いします……」

これはどういう反応をするのが正解なのだろうか。私は内心大混乱のまま、やっと声を絞り出した。さっきから、言っていることがファンタジーだし、猫は喋るし。でも夢じゃないみたいだし。

このよく分からない状態で、まだ逃げなかっただけ褒めてもらいたい。いや、逃げるも何も、呆然としていて頭が回らなかっただけだと、後から振り返って思うけれど。

「……ええと、つまり」

私は左手で頭を抱えながら右手の人差し指を立てる。

「蒼井くんは『宝石魔法師』の末裔で、心に悩みを抱えた『お客さん』の心の宝石が見える、と。これがまず一点目?」

「うん、そうそう。それで汚れた宝石のメンテをするわけ」

満足げな表情で蒼井くんがうんうんと頷く。

「……で？　宝石の力を使って悩みを解決するって……どうやって？」

「だから言ったじゃん、俺らは宝石魔法師だって。その宝石に意味づけられた『石言葉』の魔法が使えんの。それぞれのお客さんに合った『護《まも》り石《いし》』っていう石を処方して、心を救う手助けをしてる」

さっき説明したじゃん、と蒼井くんが小首を傾げる。

言っている意味は分からないし初登場のワードはあるし、煽《あお》りにきていると言わんばかりの態度だし、でも小首を傾げられると、こちらが自然に是非もなく「分かりました」と頷いてしまうくらい美形だ。その仕草、絶対に効果が分かっていてやっているだろうなと私はぼんやり思った。

「……いやごめん、全然呑み込めてないです」

だがここで、よく分かってもいないのに流されるわけにはいかない。ひとまず今は現状把握の方が大事だ。

「なんで」

きょとんとした顔で蒼井くんに問われ、私は思わずたじろいだ。

なんで、ときたか。いや、なんでもなにも、普通はそう言われて「はいそうですか、分かりました」と言える状況ではない。

そりゃあ、私だって昔は魔法少女の物語にハマったし、ある日突然魔法が使えるようになったり魔女にスカウトされたり、不思議な力を持ったミステリアスな転校生が来たりしないかな、なんて思っていた時期はあった。でも、それにしても。

もうこの現実にそんなものが存在しないことは「常識」だし、世界はそんなにファンタジーじゃないはずだ。

だけど蒼井くんの表情は、高校の授業中に先生から指名されて、すらすらと模範解答をなんの迷いもなく述べるときの様子そのままで。

その落ち着き払った表情を見ていると、自分の判断の方が間違っているのではという気すらしてくる。

「桐生さんさ」

「はい!?」

改まって呼びかけられ、私は思わず背筋をぴっと伸ばし、反射的に返事をする。

「……『見えないものは信じない』タイプだろ。幽霊とか信じないタイプ」

「え、なんで」

なぜに分かるのか、と私はその場で硬直した。

「あんた、ホラー映画もお化け屋敷も全部平気だろ？　だって『自分に本当に見えなきゃいないのと一緒、怖がっても仕方ない』もんな」

「……よく分かるね」

「なんか、そんな感じ」

「『なんかそんな感じ』!?」

いったい私はこの人からどう見えているのか。相当図太いと思われているのだろうか。

悲しくなってきたけれど、その通りなのだから反論する言葉も湧いてこない。かわいげがなくてすみません、くらいしか。

「すみませんかわいげなくて」

　相手から言われる前に先回りして、私は頬をかきながらそう言った。言われ慣れてはいるけれど、こういうことは自分から自虐的に言った方がダメージが少なくて済む。正直、蒼井くんに「かわいげなさすぎ」とか言って笑い飛ばされたら結構へこむと思うのだ。未来の自分が。

　そう思っていたものだから、結構その後の蒼井くんの言葉には意表を突かれた。

「いや、かわいげは特に要らない」

　朗らかにあっさりと言い放たれ、私は言葉に詰まった。

「それより、順応性が高い方が助かる」

「じゅ、順応性」

「そ。『見たものしか信じない』ってことは、裏を返せば『見たものは信じる』ってことだろ？　そうだよな？」

「へ、あ、はい……？」

　蒼井くんの顔には完璧な笑みが浮かんでいたけれど、いつの間にか一人称も話し方も学校と全然違うし、なんというか圧がすごい。私は思わずじりじりと椅子ごと後退した。

「じゃ、目の前のこれも信じられるよな？」

　ますますにっこりと笑いながら、蒼井くんが右手で赤黒い宝石が入っている群青色の箱を示し、左手でカウンターに鎮座している黒猫を指さす。

「悠斗、指はさすなと昔から言っているでしょう」

指さされた黒猫は、やれやれというような声色で言うと、蒼井くんの指を前足でペシンとはたいた。猫パンチである。

間違いない、この猫やっぱり自分の意思で喋っている。しかもマナーを注意している。

私は内心頭を抱えながら、ぐるりと目を回した。

確かにこれら一連のことは自分の目の前で起こっていることなのだから、現実として受け止めるしかない。自分の頭がおかしくなっていないのであれば。

これ、夢じゃないよね？

再び夢オチであることを予想しながら、私は後ろ手でこっそり腕をつねってみる。

「……いや、やっぱり痛い」

「まだ疑ってんの？　いい加減受け入れなよ」

微笑む蒼井くんにバッサリ言われ、私はうなだれる。そして思った。

誰かこの状況をすんなり受け入れられる人がいるのなら、連れてきてもらいたい。賭けてもいい、絶対にいない。

「まあ、それはともかく」

蒼井くんが肩をすくめて黒猫の方へ視線を向けた。私は無言でぼんやりとその視線を追う。

「桐生さんは他の宝石魔法師の一族でもないしな」

「そうですね」

なにやら蒼井くんと黒猫はうんうんと頷きあっている。というか宝石魔法師って他にもいるのか、驚きだ。確かに私は絶対に違う。

「なのに、桐生さんにも宝石が見えてるのが謎。しかも俺たちには見えないものまで見えてるし。なんでだろうな？」

「さあ」

蒼井くんの疑問に、ティレニアが答えて小首を傾げた。ああ、やっぱりこの猫、人と意思疎通が図れている……。

「さっきのお客さんの小指に宝石の指輪なんて、俺たちには見えなかった」

「え。あの、確かに見えた……と、思うんだけど」

ぼんやりしていた私は、蒼井くんの言葉に慌てて顔を上げた。嘘はついていないぞ、嘘は。

「大丈夫、別に疑ってない」

「それはどうも……」

「俺らは基本、この『青の箱』って呼ばれる群青色の箱にお客さんが触ってくれないとその宝石を見ることができなくてさ。んで、残りの説明なんだけど」

呆然としている私にお構いなしに、蒼井くんの説明はすらすらと進む。

曰く、心の状態が何かしらの限度を超えてしまいそうなときにだけ、人はこの店に魅かれるようにして訪れる。そうしてやってきたお客さんが、さっき蒼井くんが出した『青の箱』に手を触れると、箱の中にその人の『心の宝石』の「コピー」が出てくるのだとか。

まるで、『助けてほしい』というメッセージのように。

今この目の前にある、赤黒い宝石はこれだ。

「俺たちの間じゃ、これは『写身《ウツシミ》』って呼ばれてる。こいつはお客さんの心の宝石と連動するコピーの宝石。心の状態が悪化すれば同じように色が濁るし、逆に良い方向に転じれば色は綺麗になる。お客さんの心の宝石を俺たちは直接見ることができないから、この『写身』の状態を指針にして動くしかない」

蒼井くんの説明は続く。

先ほどお客さんに渡した鍵に嵌め込まれているのは今回処方した『護り石』。これは蒼井くんたちの持つ力に呼応して、『青の箱』がお客さんにふさわしい石を選定してくれるのだという。

その『護り石』の魔法が働いて『写身』の宝石が綺麗になったところで、メンテナンスはお終い。メンテナンスが完了すれば『写身』の宝石はその人の心の状態と完全に切り離され、ただの宝石となる。

お客さんの『心の宝石』は綺麗に。連動して綺麗になった『写身』が変化した宝石は宝石魔法師の手元に残り、この店の倉庫に保管される。

「そうして俺たちは、お客さんの心のメンテナンスをした対価として、『写身』がただの宝石と化したものをいただくってしくみさ」

「……」

「悠斗、言い方が泥棒くさいです。引かれていますよ」

ティレニアがやれやれとでも言いたげに首を左右に振る。私が無言なのはそういう訳ではないのだけれど。

とりあえず、言いたいことは一つ。

「……複雑すぎません？」

「んー、まあこればっかりは体験してもらうのが一番としか」

蒼井くんは悪びれもせずへらりと笑い、頭をかく。うん、説明放棄の匂いがするぞ。

「ええと、整理するからもうちょっと時間をください」

「どうぞどうぞ」

にこやかに許諾の言葉が蒼井くんから飛び出る。私はお言葉に甘えて頭を抱えた。考えれば考えるほど疑問の山だ。

「あの、追加で質問いいですか」

「どうぞ？」

どうぞしか言わなくなった蒼井くん相手に、私は質問をぶつけてみる。

「さっき、お客さんに『青の箱』を触ってもらって出てきた『心の宝石』のコピーを通してしか、蒼井くんたちにはお客さんの『心の宝石』が見えないって言ってたよね？」

「よく分かってるじゃん。うん、言ったね」

「なら、どうして私にはお客さんの心の宝石が見えたのかなって。確かに見えたの、さっきのあの人の小指に」

赤黒く光る、指輪の石が。

「ああそっか、その説明忘れてた」

私の質問にも蒼井くんは全く動じず、あっさりと頷いた。

「確かに俺もティレニアも、『青の箱』がないとお客さんの『心の宝石』が見えない。うちの叔父《おじ》だけが別」

「お、叔父……さん？」

「そ。ここの店主。俺は見えないから知らないけど、『青の箱』がなくてもお客さんの体のどこかにアクセサリーとして浮き出てくる心の宝石を見ることができるんだってさ。まあ制約があって、見えるのは『傷ついている人の心の宝石』だけらしいけど」

「へ、へえ」

私は貰った答えを反芻《はんすう》しながら、「ん？」と疑問を追加する。

「この箱に今見えてる宝石って、加工前の状態だよね？」

『青の箱』の中にある赤黒い石を手で示すと、蒼井くんはきょとんとしながら口を開いた。

「加工前？　ああ、ルースの状態ってことか」

「るーす？」

蒼井くんの返しに首をひねっていると、ティレニアがおもむろに口を開いた。

「ルースというのは、裸石《はだかいし》のことです。普段世に出回ってるジュエリーって、枠や台に石が留められているでしょう？　それがない、研磨加工された石単体の状態のことをそう呼びます」

「な、なるほど。ありがとうございます」

「いえいえ」

ぺこりと黒猫にお辞儀をすると、優雅な会釈が返ってきた。

「で、桐生さん。それが？」

「こっちの箱の中にはそのルースの状態で宝石が出てきてるのに、どうして私の目には指輪の形で見えたんだろうって」

蒼井くんに促されて口にした疑問。今度ばかりは蒼井くんも考え込むように腕を組んだ。

「うちの叔父は言ってたな。アクセサリーの形で見えるのは多分、『問題になっている部分を早く見つけてほしいから、宝石自身も目立つ方法をとってる』からなんだろうって」

そして彼は深々とため息をつく。

「あのおっさん、一番の戦力なのに忙しすぎるんだよ。店を俺に任せといてどこほっつき歩いてんだか……」

回らない頭ながら、やっと納得できる部分が出てきて「なるほど」と思う。

蒼井くんは運動神経もいい上に、この前の学校の実力テストでは上位十名に入ったくらい頭もいい。なのにどこの部活にも属さず、授業が終わると真っ先にどこかへ消えていっていた。

『なぜ蒼井くんは帰宅部なのか』問題が一部の生徒の間で囁かれていたけれど、そういうことだったのか。

重ね重ね、これが夢じゃなければ、だけど。

「まあ、多分桐生さんもうちの叔父と同じタイプなんだと思う」

「お、思うって。私、宝石魔法師じゃないんだけど」

「そこが疑問なんだよなあ……ま、だからスカウトしたんだけど」

蒼井くんは頷き、私に向かって不敵にニヤリと笑った。

「ここで働くって、昨日契約書にサインしたもんな？」

「えっ、ちょっと待って、クーリングオフとかってないんですか!?」

色々聞いていない情報が多すぎるし状況もよく呑み込めていないし、この先、どんな世界が待っているのか皆目見当がつかないのに。私が慌てていると、ティレニアがやれやれと私の目の前で首を振った。

「雇用契約ですからね。それに宝石魔法師との契約は人間のルールとは違います。一度約束したなら、絶対ですよ」

黒猫の、澄んだ淡い海色の目が私をまっすぐ見る。心の底を見透かされているような気分になり、私は思わずたじろいだ。

「そんな……ちなみに、破ったらどうなるんですか。あの、今後の参考として」

恐る恐る聞く私に、ティレニアはすっと目を細めて言った。

「破ってみれば、分かるでしょう」

そりゃそうだけれども。あっさりとした答えにため息しか出てこない。どうやら辞めるという選択肢は用意されていなさそうだ。それに、「ここで働く」と言ったのは事実だし、時給三千円はやっぱり高い。その額であれば相応の何かがある、と最初にもっと慎重になるべきだった。

「大丈夫、危ない目には絶対遭わせないから」

「……それは宝石魔法師としての約束？」

きっぱりと言い切る蒼井くんに念を押すと、彼はしごく真面目な顔で頷いた。

「勿論。一度約束したなら、絶対だしな」

飄々《ひょうひょう》として掴みどころのない彼だけど、この言葉に嘘はなさそうだ。私は大人しくぼんやりと「じゃあ、今後もよろしくお願いします」とお辞儀をした。

「こちらこそ。まあ、そうと決まればとりあえずは鑑定だ。どうだろうな、ちゃんと鑑定してみないと分からないけど、ルビーじゃなさそうだ。あれかな……パイロープかアルマンディンか、ちゃんと見てみないと微妙」

何やらぶつぶつと聞きなれない単語を連発する蒼井くん。彼は箱をぱたんと閉じ、椅子から立ち上がった。

「ま、とりあえず鑑定は俺の仕事だから心配しなくていい。あとは、『護り石』のアイオライトの鍵が導くままに」

「あいおらいと？」

聞いたことのない名前に私が首をひねると、蒼井くんはポケットの中からガラスの小瓶を出した。小瓶の中には、紫と明るい青の中間のような不思議な煌めきを宿した透明な小粒の石が数十個転がっている。

「別名ウォーターサファイヤ。海を渡るバイキングたちが羅針盤代わりに使ってたって言い伝えもある。あの人にはぴったりだな、確かに」

「ぴったりって、何が？」

「方向性を見失ってしまった人にとっては、ってことさ」

「え？」

何が何だかさっぱり分からない。方向性を見失ってしまった、というのはどういうことなのだろうか。

「そうだなあ、当ててみ？　きっと意味は、あるからさ」

蒼井くんの口から出る言葉の意味を考え込む私に、彼はポンと手を叩いてにこやかに言い放った。

「なんでその宝石が小指の上に見えたのか。これ宿題な」

「ええ!?」

そんなことを言われても、全く分かる気がしない。助けを求めてティレニアを見つめると、諦めろと言わんばかりにやれやれと首を振られてしまった。

「一つだけヒント。小指の意味を考えてみな」

にっこりと天使の、いや悪魔のような美しさで蒼井くんは笑みを浮かべる。

紅茶淹《い》れるよ、何がいい？　と立ち上がる蒼井くんを、私はただただ黙って見送るしかなかった。

「——宿題って言われても」

翌日。私は市内図書館の中で静かに頭を抱えていた。

「しかも、あれ夢じゃなかった……」

宝石や鉱物についての本、図鑑、手相について詳しそうな本。片っ端から探してきて目を通し終わったそれらを机の上に積み上げ、そのタワーの隣に私は突っ伏す。

蒼井くんから宝石魔法師云々《うんぬん》の話を聞いたのは、昨日のこと。正直、夢としか思えない出来事を目の当たりにし、一夜明けた後。

朝、学校に来るなりびっくりする出来事が起こったのだ。

「おはよ、桐生さん。昨日はどうも」

そんな言葉を、教室で今まで一度も喋ったことのなかった「彼」から投げかけられた。

当然、私はというと目を丸くして硬直するしかなく。たっぷり五秒間ほどフリーズしてから、私はやっとのことで蒼井くんに向けて「おはよう」の言葉をひねり出した。

「その表情、やっぱ信じてなかったろ」

苦笑しながら私の肩をぽんと叩く蒼井くんの肩越しに、目を丸くしてこちらの様子を窺うクラスメイトたちの姿が見えた。

多分私も同じ顔をしていたことだろう。そんなことを逃避気味にぼんやりと考える私に、彼は歩き出しながら囁いた。

——じゃ、『宿題』やっといて。

私にしか聞こえない小さな声でそう言い、彼はわき目もふらずに出て行った——。

そこまで思い出し、私はさらに深くずるずると椅子に沈み込む。

——あれは本当に、ずるいと思う。

何がずるいかと言えば全部である。けれど動揺するだけこっちが負けた気分になるから、なんとなく癪《しゃく》で。私は頭を左右に振って思考を振り払い、目の前の本の山に視線を戻した。

兎《と》にも角《かく》にも、蒼井くんから吹っ掛けられた『宿題』について考えなければならない。

とはいえ、目ぼしい本はひととおり見たはずだけれど、何も分からない。私はのそのそと文明の利器を頼るべく、カバンからスマホを引っ張り出した。

スマホの画面をタップし、『小指　意味』で検索をかけてみる。

検索結果には『リングを着ける指それぞれの意味』とかなんとか、似通ったものがたくさん出てくる。どうやら指輪を嵌める指には、それぞれ意味があるらしい。

「ええと左手は『想いの手』、その中でも小指はっと……」

『小指：「チャンスの指」。何かに挑戦したいときにはこの指』

『変化とチャンスの象徴。今の環境に不満のある人、チャンスに恵まれない人は、左手の小指に』

『願い事のある人はこの指にお気に入りのリングを嵌めて毎晩眠る前に願いを伝えてみま

しょう』

——そんな感じの検索結果が大量に出てきた。

まとめると、先日のお客さんの「小指」に石が見えたのは、今の現状に満足しておらず、なんらかの願いを持っているということなのだろうか。

「いや、それ結構誰にでも当てはまる気がしてきた」

それだけではあのお客さんの小指に石が見えた理由が特定できない。そもそもなかなかの無茶ぶりなのではと唸る私の横で、何かが微かに身動きする気配がした。

「何か見つかりました？」

突然、自分の横から響いてきた声に私はびっくりしてのけぞる。恐る恐る声のもとに視線を向けると、黒猫がゆったりと尻尾を揺らめかせながら机の上にいた。

「ティレニア、どうやって!?」

「しーっ。ここ、図書館ですよ」

「あ、はいすみません」

静かな図書館での物音は響く。二つ隣の長机に座っていた学生がちらりとこちらを見て、静かにまた読書に戻った。

すみませんと心の中で彼女に謝り、私は机の上に悠々と鎮座している黒猫にそっと尋ねる。

「どうやって入ってきたの？」

猫が図書館に入ってくるのはなかなか目立つ。建物に入ってこようとする猫と警備員さんとのほんわかした攻防戦がちょっとしたニュースになるくらいのこのご時世に、どうやってここに入ってきたんだろう？

「他の人間に見えないようにするくらい、朝飯前です」

「……あ、そうなんだ」

確かに、誰も何も反応していない。いつもの静かな図書館の風景そのままである。ティレニアの言うことは本当のようだ。

「ああ、難しく考えすぎです。もっとシンプルに考えてみてください」

「シンプルに……？」

ティレニアが私のスマホを覗き込み、私が悩んでいた『宿題』にアドバイスをくれる。難しく考えすぎってどういうことなんだろう、と思いながら腕時計を見て、私は慌てて立ち上がった。

「一回これ全部借りて家でも調べてみる、私そろそろ帰らないと」

時刻は十七時過ぎ。今日はバイトのシフトもないし、お母さんも仕事から早めに帰ってくる日だ。

「あ、では行きますか」

ひらりと机からティレニアも飛び降りる。私は本を借りる手続きを済ませ、ティレニアと並んで図書館を出た。

そしていつも通り、鎌倉駅前を通って小町通りへ向かう道すがら。私は見覚えのある人影を見る。

「もう上がり？　お疲れ、ミナトちゃん」

「あ、お疲れ様です。お先に失礼します」

ぺこりとＯＬさんらしき服装の人たちに頭を下げて、オフィスビルから出てくる女性が一人。私は、思わずその場で足を止めた。

「あれ、この前のお客さん……？」

昨日、硝子館に来た女性のお客さんが、そこにいた。

私は彼女の小指の指輪を見る。蒼井くんが言っていた『心の宝石』。見つけてほしい、助けてほしいというメッセージ。蒼井くんが鑑定中の『写身』の宝石の、元の宝石。

その色はこの前よりも、ずっと赤黒くなっていた。

私はふと、オフィスビルの入り口付近に目を遣る。そこにある、オフィス名を記した銀色の案内板の中には八つくらいの企業が入っていたけれど。意識の片隅にひっかかりを覚え、私は首をひねった。

「あれ？　銀行が、ない」

「どうしました？」

ティレニアがたしたしと私の足をつつく。私はティレニアをひょいと抱き上げ、オフィスビルに入居しているテナント一覧を黒猫に見せた。

「あの人、この前銀行員だって言ってた。なのに、出てきたオフィスビルに銀行が入ってない」

もしかしたら、取引先がこのオフィスビルにあって、そのまま直帰とか？

『ミナトちゃん』と呼ばれたあのお客さんは、小町通りのほうに歩を進めていく。その方向とは逆、つまり私たちとすれ違う形でオフィスビルの方に向かって歩いてくるＯＬさんたちの声が、風に乗って耳に届いた。

「ミナトさんだっけ。あの子、また今日ももう上がり？」

「また合コンかな。昨日も行くって言ってたよね」

「その合コンの話も怪しいけど。詳しいこと聞こうとするとうまくはぐらかすのよね」

華やかな香水の香りが漂う。ふわりと髪をなびかせながら、いかにも綺麗なＯＬのお姉さまといった方たちが、私とティレニアの横を通り過ぎた。

「……え、昨日は昔の同級生と飲みだって……」

「彼女、確かにそう言ってましたね」

そう、あの店で私たちは蒼井くんと彼女の会話を聞いていた。

それと同時に、私の頭の中で何かが繋がる音がした。

勤めていると言っていた銀行の入っていないオフィスビルから出てきたミナトさん。リアリティがない合コン話。食い違っている話。この辺には来ないと言っていたミナトさんの職場が、あの店から遠く離れてはいないという事実。

どうして彼女の小指に、宝石があったのか。

どうして彼女の宝石は、蒼井くんと話している間にも黒く、暗くなっていったのか。

その答えが、分かった気がした。


「『宿題』、何か分かった？」

ティレニアと図書館で会った翌日の放課後。教室の自席でじっと宝石図鑑を眺めていた私の頭上から、影と声が落ちてくる。

顔を上げると、整った顔に淡い笑みを浮かべて蒼井くんが立っていた。

「うん。指切りだよね、多分。針千本飲ます」

「おっ、正解」

蒼井くんがパチリと指を鳴らす。そして彼は目線だけをぐるりと回りに一瞬走らせて、大きなため息をついた。

「そ。バレちゃったか、実は『嘘』なんだ」

「……やっぱり」

この前来た、赤黒い宝石のお客さん。彼女は……。

「ほんとは持ってるんだけど」

「ん？」

「あんまりマメじゃないから、スマホでやり取りするの性に合ってなくて。メッセージ貰っても返す頻度高くないから、申し訳なくってさ。連絡することがあったら、直接話しかけて」

蒼井くんが突然、ぺらぺらと喋りながら営業スマイルを繰り出す。私はその脈絡についていけずに、ぽかんと口を開けた。いったい何の話をしているのだ。

「は？」

「じゃあね」

蒼井くんは笑顔を崩さず、ひらりと手を振って教室を出ていった。その間、私はあっけにとられるあまり言葉も挟めず。

「……いやちょっと待って、なんか話、かみ合ってなくない……？」

なんなんだ、いったい。戸惑って周りを見回すと、遠巻きに何人かの女子がこちらを見ていたことに私は気づいた。ざっと八人くらいの大所帯だ。

「ドンマイ」

ぽん、と後ろから肩に手を置かれ、私は首を後ろにひねってその手の主を見上げた。

「牧田さん、どうしたの……って、おう？」

後ろから肩を叩いてきた張本人の牧田さんは私の頭を優しく撫でた上に、ぎゅっと肩を抱いてきた。戸惑っているうちに、さっきまで遠巻きにこちらを窺っていたクラスメイトの女子何人かが、ぞろぞろとこちらに寄ってくる。

「なになに⁉」

私は混乱してきょろきょろとみんなを見回す。「やっぱり」と言いたげな意味深な苦笑い、そして同情するかのごとき頷き。私は状況が呑み込めていないながら、彼女たちが肩をすくめて言う言葉たちを聞いた。

「やっぱ桐生さんでも駄目かー。女子には誰にも連絡先教えてくれないんだね、王子」

「気にしないで、私たちも粘ったら同じこと言われた」

「びっくりするよね」

「でもそのきっぱりしたところもなんか良い……！」

うんうん、とみんなが頷く横で、私は「なるほど」と心の中で呟いた。

蒼井くんの連絡先は誰も教えてもらえないのだと、前に牧田さんが教えてくれたっけ。

つまり、私が蒼井くんに連絡先を教えてもらおうとしてフラれたように周りからは見えていたわけで。前の牧田さんとの会話を思い出して納得した私の手の中で、スマホがメッセージの着信を知らせて振動した。

『悪かった。話しかけるタイミング、ミスった』

蒼井くんから早速謝りの連絡だ。いや全然マメじゃんんか、と心の中で私はつい突っ込んでしまった。

『怒ってないよな？　今日バイト、来るよな？』

『おーい、桐生さんスマホ見てる？』

連続でさっきからスマホにメッセージが届く。それを見返しながら私は硝子館の扉を開いた。足を踏み入れるや否や、蒼井くんが奥から急ぎ足でこちらへ駆け寄ってくる。

「……ごめん、本当に」

「話は聞きました。悠斗、あなた最悪ですね。皆様の前でフッたんですって？」

挨拶もそこそこに謝罪してくる蒼井くん。ティレニアがじとりとした眼差しで蒼井くんを見ると、彼は盛大に頭を抱えた。

「……あの場ではああするしかなかったんだ、ごめん。色んな女子が見てたし、桐生さんが質問攻めにされたらどうしようって」

大きくため息をつく蒼井くん。自分の言動が女子にどんな影響を与えるかをよく把握している人間の言葉である。

それにしても。蒼井くんが私に話しかけると、女子が私を質問攻めにしてくるのは確定事項なのか。いやその通りだったんだけれども、この人、若干ナルシストの気《け》があるな……。

それよりもだ、と私は心の中で頭を抱える。さっきのやつ、いつの間にか私が蒼井くんにフラれたことになっていたのか。告白してもいないのだが。

「いや、あの、蒼井くん」

「はい」

私が口を開くと、凛とした顔で返事をしながら、蒼井くんがしゃっきりと背筋を伸ばした。

「あの、別に謝らなくても。何も気にしてないです」

「え」

鳩が豆鉄砲を食ったような顔で、蒼井くんが目をぱちくりさせる。なぜにそんな「解《げ》せぬ」という顔をするのか、私の方が「解せぬ」である。

「いや、モテる男は気を遣わなきゃいけないから大変だなって思っただけで、別に怒ってないし。私が他の女子に質問攻めにされないようにしたわけでしょ」

「え、あの、怒ってたわけじゃ……？」

「え、全然。なんで？」

私が聞くと、蒼井くんは「解せぬ」の表情のまま首を傾げた。

「いや、メッセージ返ってこないから怒ってるのかと」

「ううん、全然。直接この後すぐ会うんだし、その時話せばいいかと思って」

もともと文字面だけでの会話はあんまり得意じゃないし、直接話した方が早いし誤解も生じない。

「ま、まあそうなんだけどさ……」

何かをごにょごにょと言いかけてやめる蒼井くん。なんだか本当に申し訳なさそうにしているので、私はこの話は終わりといわんばかりに話題転換を図った。

「それはそうと、宿題のことなんだけど」

「そうだ、その話だった。分かったんだよな」

学校で途中になっていた話を私が持ち出すと、蒼井くんがぱっと顔を上げ、笑顔を見せた。

「うん。あの人がここで言ったのは、全部嘘……だよね？」

あの『ミナトさん』というお客さんの心の宝石が小指にあって、話している間にもだんだんと曇っていった理由は――。

私が確かめるように問いかけると、蒼井くんはにっこり笑って頷いた。

「嘘ついたら針千本飲ーます、指切った」

どこか明るい調子で、蒼井くんが唄う。そして彼は私の方へ前のめりに屈み込んだ。私はひるんで、思わず後ずさる。

「正解。昔から、小指は約束を交わす『ユビキリ』に使われる。『嘘』をつかないことを誓うわらべ唄が有名だ」

私は彼の言葉に黙って頷いた。多分、誰でも一度は聞いたことがあるはずだ。『指切りげんまん、嘘ついたら針千本飲ます、指切った』というわらべ唄を。

「自分から出た言葉は、どんなに他人をうまく騙《だま》せようと、自分にはその真偽が分かる。自分にだけは嘘をつけない」

蒼井くんがポケットからアイオライトの小瓶を取り出した。

「あの人もそれに気づいてるんだろうけど、直せないんだろうな。だからこそ、方向性を見失ってる」

「え、『直せない』……？」

嘘をつく・つかないということと、「直す」という言葉との関連性がよく分からない。

「俺は嘘をつくことが悪いこと、だとは言わない」

「さっき自分がついてましたもんね。そりゃあ、言えないはずです」

ティレニアが片方だけ目を薄く開けてゆるりと尻尾を振った。うぐ、と気まずそうな顔で言葉をつまらせ、蒼井くんが咳払いをする。ため息をつきながら彼は言葉を続けた。

「……『嘘をつく』っていう行為をしてまで何かを守りたい場合を考えてみて。自分自身の『誠意』と引き換えにするほどかを何度も考えて、それでも何かを守りたいと判断した時、嘘をつくことは悪いことだとは断言できないだろ。それで何かを守れることだってある。正論だけでは救えない何かを」

「嘘をつくことで、守りたいものを傷つけないようにする、ってこと？」

「そういうこと」

私の疑問に、蒼井くんが真剣な目で頷いた。

「だけど、それはあくまでも『何か守りたいものがある』時だ。自分の誠意と守りたいもの、その引き換えの代償を考えずしてつく嘘は、どんどん大切なものを失わせていく」

「大切なもの……？」

蒼井くんがアイオライトの小瓶を傾けると、すみれ色がかった青色の石の粒たちが、クリアなガラス瓶の中で微かに動く。日没直後の淡い夜空の色をたたえて静かに光を放っている様子は、まるで流れ星を夜空ごと捕まえたような綺麗さだった。

「例えば自分の誠意、そして自分自身だ。嘘をつくっていうのは案外難しくてリスキーなんだよ。一度嘘をついたらその設定をいつまでも覚えていなければならないし、前ついた嘘を正当化するためにはさらに嘘を重ねていくことになる。その度に、自分自身の誠意と秤にかけるべき基準がどんどん分からなくなって麻痺していくのさ。最終的には癖になっていく。一番最悪のパターンは、自分自身でついた嘘に自分が呑み込まれることだね」

蒼井くんが苦笑して眉をひそめる。

「呑み込まれるって、どういうこと？」

私の質問に、蒼井くんが重々しく口を開いた。

「……自分自身でついた嘘と、現実の区別がつかなくなる。自分でついた嘘が、自分の中では『本当のこと』になるのさ」

蒼井くんがアイオライトの小瓶を机の上に置き、ポケットからアンティーク調の細かい模様が掘られた、金色の懐中時計のようなものを取り出した。複雑で繊細な模様の蓋を開けてその中身をじっと見つめた後、蒼井くんがため息をついて立ち上がる。

「ん、そろそろかな。あのさ、桐生さん」

「うん？」

突然改まったように私を真面目な顔でじっと見てくる蒼井くん。私が疑問形で返すと、彼はにっこりと笑顔になってこう言った。

「フルーツサンド、作れる？」と。

「お、おおう……」

数分後。私は店のワンピーススタイルに着替え、店の奥にあるキッチンの真ん中で一人唸っていた。

黒と白の菱形模様が交互に連なるつるりとした大理石の床に、清潔な白い壁の、比較的広々としているキッチン。

目の前にあるのは、壁に備え付けられた木製の棚。四段もある立派なその棚には正方形に区切るよう等間隔に仕切りがつけられていて、瓶がずらりと並べられていた。

「え、これ全部はちみつ？　……と、紅茶？」

クリアなガラス瓶や、金色の地に洒落た草花模様の描かれたラベルのついた缶の数々。

それらをざっと見回し、私は驚愕する。

棚の左半分にはガラス瓶がずらりと並んでいる。琥珀色《こはくいろ》の一般的なはちみつ、クリーム色のはちみつ、赤みがかった色の透明なはちみつ……。

様々な色のはちみつが、そこにはあった。

一方、棚の右半分には私の手くらいの大きさの紅茶の缶がずらりと並んでいる。

こちらも様々な模様に彩られた何種類もの紅茶の缶。その様は壮観だ。

「そう。悠斗は、はちみつ好きなんです」

私をキッチンに案内してくれたティレニアが、こともなげに言いながら私を見上げる。

「いや、これ、好きとかそういうレベル超えてない……？」

私は棚の前で改めて呆然と呟いた。

ここは、ガラス雑貨店の奥のキッチン。店のワインレッド色のカーペットを踏みしめながらレジの前を右へ曲がり、少し行くと、左側に通路が見える。そのベージュ色の壁に沿っていくつかあるチョコレート色の扉のうち、右側の一番奥の扉の向こうがこのキッチンだった。

そもそもガラス雑貨店の中にキッチンがあること自体が謎だが、さらに謎のはちみつと紅茶の棚。きっちりと並べられた瓶に、持ち主のマメさが見て取れる。このままここで、お洒落な店でも開けるんじゃないだろうか。

「鎌倉には、はちみつの老舗《しにせ》がありますから。美味しいですよ」

確かにはちみつが美味しいのは認める。けど、この量にはびっくりだ。

「あと、使うと多分、悠斗が喜びます」

「……」

ティレニアの言葉に、私はくるりと背を向けて冷蔵庫を開けた。

「え、ちょっと、無視ですか？」

私は冷蔵庫の中身を確認してすぐさま、足元で抗議の声を上げる黒猫を抱き上げた。黒猫はきょとんとした顔でなされるがまま、大人しく私の腕にぶら下がっている。

「え？　え？」

「ティレニアちょっとごめんね、調理する間、外に出てて」

私は身をねじって手から逃れようとする黒猫をそっと廊下の床に下ろし、パタンと扉を閉める。

「……よし。やるか」

冷蔵庫の中のものを取り出し、私は服のそでをたくし上げた。

瑞々しい宝石のように赤いイチゴに、皮をむくとエメラルド色の果実が顔を出すキウイ。そして、シロップにつけられた琥珀色の黄桃。

サンドウィッチ用のふわふわした食パンに、生クリームにチーズ類。

私は冷蔵庫から引っ張り出してきたものを一度見回し、フルーツをカットする。

イチゴはへたを取って縦半分に、皮をむいたキウイは一センチ幅くらいにスライス。黄桃は薄くスライスし、今度はホイップクリーム作りに取りかかった。

私は少し考えて、生クリームを二つのボウルに分ける。そしてその一方に、さっと棚から取り出したものを密かに追加した。

一つ目のボウルの生クリームに砂糖を入れて泡立て器で混ぜ合わせていると、後ろで扉がキィと開く音がした。

「お、できそう？」

「……うん、なんとか」

私は振り返らず、蒼井くんに声だけで答える。

「なんとか、ねえ」

後ろから苦笑するような声が聞こえてきたけれど、私はホイップクリーム作りに専念する。泡立て器で無心になってかき混ぜるうちに、生クリームはしっかりツノが立つようになっていた。

食パンにホイップクリームを塗って、三種のフルーツが切り口にすべて見えるようにずらしながら並べる。フルーツの間にホイップクリームを追加して、もう一枚、ホイップクリームを塗った食パンで挟んでいると、隣で蒼井くんがお湯を沸かし始めた。

「ラップ、使っていい？」

「いいよ。はい、これ」

手際よく、私の言葉に答えて蒼井くんがラップを差し出す。フルーツを挟んだ食パンを包み、冷蔵庫へ入れると、蒼井くんがぼそりと言った。

「あれ、フルーツと生クリーム余った？」

「ううん、もう一個作る。もったいないし、食材は使い切っちゃうね」

「さすが。そうしてくれ」

蒼井くんのお言葉に甘えて、私はもう一つ用意してあったボウルの生クリームを泡立て器で混ぜ、今度はマスカルポーネチーズを加えて混ぜ合わせる。そして、さっきと同じ手順でフルーツをパンに挟み、冷蔵庫へ。

一仕事終えてそっと視線を横にずらすと、蒼井くんは戸棚から出したガラス製のティーポットとカップを出し、お湯を注いでいるところだった。

「……で、蒼井くんは何してるの？」

「うん？　紅茶淹れようと思って。フルーツサンドだから、レモンとライムのフルーツティーにしようかと」

すごくいいと思う、と言いかけて私は言葉を呑み込む。そもそもなんでいきなり軽食と紅茶を用意しているんだろう？

「あのお客さん、そろそろ来るから」

まるで頭の中を見透かされたような蒼井くんの言葉に、私は驚いて顔を上げる。キッチンに入ってから初めて目が合った彼は、穏やかな笑顔でこちらを見ていた。

驚いたことに、蒼井くんの言う通りにあのお客さんは本当に来た。その小指に嵌っている赤黒い宝石の色は、暗いまま。

「あの、すみません。この前いただいたこれ、同じものを買わせていただくことってできますか？」

扉が開いた音で私たちが店内に出ていくと、そこには不安げな表情のミナトさんが立っていて。その右手のひらには、アイオライトに薄いヒビが入ってしまったアンティーク調の鍵が載っていた。この前、蒼井くんが渡した鍵だ。

「ご厚意でいただいたのに申し訳ないんですが、壊れてしまって……。できれば新しいものを買わせていただき――」

「ああ、改めて買っていただく必要はありませんよ。新しいもの、用意しますね」

お客さんに最後まで言わせない勢いで、蒼井くんはにっこりと微笑む。その笑みに毒気を抜かれたようにぽかんとしながら、ミナトさんは「そ、そうなんですか……!?」と目を丸くした。

「ええ、お安い御用です。よろしければ店内に応接室があるので、そちらでお待ちください」

温和な微笑みをたたえてあっさり頷く蒼井くんに、「ありがとうございます」と言いながらミナトさんがそっと息をついた。

「では、こちらでお待ちください」

蒼井くんがお客さんを連れて行ったのは、店の奥にある応接室だった。場所は先ほどのキッチンの隣。

床は店内と同様、シックなワインレッドのカーペット。壁に沿って並ぶチェストも、部屋の真ん中にある椅子もテーブルも、すべてアンティーク調の木製のものに統一されている。

部屋中央の丸テーブルには、向かい合う形でおかれた椅子が四つ。蒼井くんは入って正面の上座にミナトさんを案内し、部屋の奥のチェストから何やら箱を取り出した。

黒いビロード貼りの、小型ノートパソコンサイズの箱。深さは五センチくらいといったところか。

「では、チャームをお預かりします」

「あ……すみません、よろしくお願いします」

歩み寄り、微笑みをキープしたまま手を軽く差し伸べる蒼井くんへ向かい、ミナトさんがおずおずと鍵のチャームを差し出した。

「はい、確かに。交換承りました」

左手で鍵を受け取りながらお辞儀をした蒼井くんは、右手の先ほど取り出した黒い箱をテーブルの上に置く。

「少々お時間いただきますので、こちらをよろしければ見ていてください。新作の製品に使おうと思っている素材なのですが」

「え、すごく綺麗……」

ミナトさんは吸い込まれるようにして箱の中を覗き込み、声を上げた。

それもそのはず、その箱の中では幾つもの宝石が光を放っていたからだ。黄色、オレンジ、緑、紫……。色合いも、濃いもの、淡いもの、グラデーションになっているものが燦《さん》然《ぜん》と光っている。

数々の色の宝石が光を放つ箱の中央には、中でもひときわ大きな深紅の宝石が輝いていた。

「お客様。お待ちの間、お茶をどうぞ」

そう言いながら部屋に入ってきた人物に、私は目を見開いた。

ゆるいカーブを描く、艶やかな黒髪。彫刻のように均整がとれていて、彫りの深い顔立ちをしている長身の男性が、ガラス製のティーポットとティーカップをトレイに載せてこちらに向かってきている。歳は二十代半ばといったところだろうか。

誰、と思わず呟きかけたところで、そばを通りかかった彼が私の方に一瞬だけ身を屈めて囁いた。

「さっきはよくもキッチンから追い出してくれましたね」

瞬間、私の背筋が凍り付く。何事もなかったかのようにティーカップをテーブルに並べだした黒髪の彼を、信じられない気持ちで見つめていると、前髪の隙間から彼の綺麗な青い目が見えた。

——黒い毛に、宝石のように淡く綺麗なブルーの瞳。そして、この声。目の前のこの人との共通点だらけのものを、私は知っている。

そんなことがあるわけないと思いつつも、一昨日から続く不思議な出来事の連続に麻痺しているのか、もしかしてというトンデモ発想が頭の中でぐるぐると回った。

「ティア、ありがとう。少し頼んだ」

「承知いたしました」

『ティア』と呼ばれた彼が蒼井くんの言葉に頷く。蒼井くんが出ていくと、部屋の中は私とミナトさん、黒髪の彼だけになった。

混乱する私を置いて、黒髪の青年がお客さんに話しかける。

「こちら、レモンとライムのフルーツティーです。ご軽食もお持ちしますので、少々お待ちください」

黒髪の彼はガラス製のティーポットから紅茶を注ぎ、ティーカップをお客さんの前に置く。そしてぐるりとこちらを振り返った。

「お客様に軽食を。手伝ってくださいますか？」

「は、はい」

青年に青い目でじっと見つめられ、私は声を震わせながらやっとそう答える。彼は頷き、そのままつかつかとキッチンまで私を連れて行った。

「え、ちょっと待って、ティレニアなの？」

キッチンに入り、勝手知ったる様子で黒髪の青年が冷蔵庫からフルーツサンドを取り出す。私が問いかけると、彼はこちらを見下ろしてニッと笑った。

「そうです。びっくりしました？」

「いやびっくりしたというより、もうなんでもありだなって……」

「なんですかそれ」

からからと青年が心地よいハスキーボイスで笑う。この声は、間違いなくティレニアだ。

「ま、なんでもありと言いますか、猫にも人間の姿にもなれるということです」

「それは、使い魔だから？」

私が問いかけた言葉を背に受けながら、ティレニアは包丁を取り出して手際よくフルーツサンドのパンの耳を切り落とした。

「ええ、そんなところですかね。よし、これであとはカットするだけ……」

包丁をサンドウィッチの中心に持っていこうとする彼を、私は慌てて止める。

「ちょっと待って、それじゃ切りにくいって」

「はい？」

「お湯にくぐらせてからの方がうまく切れるから」

シンクの蛇口をお湯の方にひねり、ティレニアから受け取った包丁をお湯にくぐらせる。包丁の水気をふき取り、綺麗に切り口が見えるようにカットしていると、後ろから「ほー」と感心するような声が聞こえた。

「慣れたものですね」

「あー、うん。お母さんが好きで、よく作ってるから。フルーツサンド」

「なるほど。お疲れさまです、美味しそうだ」

ティレニアが私の頭をわしゃわしゃと撫でる。包丁を持ったままなので抗うわけにもいかず、私は彼にされるがまま。髪の毛は見事にボサボサになった。

「おーい、二人とも。俺の存在、気づいてる？」

後ろから声が聞こえて、私とティレニアは振り返る。キッチンの扉にもたれて、苦笑しながら蒼井くんが手をひらひらと振っていた。

「蒼井くん」

「ごめんね桐生さん、ティアがびっくりさせて」

彼がそう言いながら私たちの方に向かって歩いてくる。そして私の目の前にあるサンドウィッチを見て、彼は顔を綻ばせた。

「お、いい感じ。じゃあ行こうか、お客さんのとこへ」

目の前には、レモンとライムのフルーツティーのカップが四つ。色とりどりの宝石のような果実が詰め込まれたフルーツサンドと、その横には色彩あふれる本物の宝石が輝いている箱が並べられている。そしてその宝石の箱のさらに横には、これまた黒いビロード貼りの小箱が置いてあった。こちらは縦・横十センチくらいの箱で、その蓋は閉じられたままだ。

テーブルのこちら側には、私、蒼井くん、ティレニアが順に椅子に座り、向かい側にはミナトさんがどこか緊張した面持ちで座っていて。

ティーカップが四つあるのには理由がある。

軽食のフルーツサンドを出すと、ミナトさんはまず「いえ、ここまでしてもらうわけには」と一度遠慮した。それはそんな反応になるだろうなと私は思った。買い物に来たつもりで入ったお店で、まさかお茶受けが出てくるとは思わないはずだ。

「お客様に提供しているサービスの一つですから」

お客さんの遠慮の姿勢にも動じず、蒼井くんはにっこりと微笑む。ミナトさんはそんな彼を見て少し悩んだ後、「あの、よければ皆さんも食べてください……」と遠慮がちにリクエストした。「一人で食べるのは気まずい」ということらしい。

そんなのありなのかと思っていると意外や意外、蒼井くんはあっさりと「承知しました、お言葉に甘えさせていただきます」と承諾。そうしてここにいる人数分の紅茶が淹れられ、テーブルの上にはフルーツサンドの皿が置かれ、今に至る。

なんだろうこの状況。私はなす術なく、ぼんやりとしながら目の前の光景を見守った。

一度ミナトさんは出されたお茶を静かに一口飲み、「美味しい」と呟いたあと、顔を上げてためらうように言う。

「あの、どうしてここまでよくしてくれるんですか」

「それも仕事の一つだからですよ。顧客体験価値ってご存じですか？」

「い、いいえ」

蒼井くんの質問にミナトさんが首を振る。彼はそのまま、にこやかによどみなく話し始めた。

「商品やサービスを購入する際の一連の印象や体験を通じて生まれる価値のことです。これを高めることで、リピーターになってくれる方が増える、そして商品が売れるようになる要素でもあります。私共が扱っているのは特別カットのガラスや宝石。それなりのものを扱うところでは、それなりのサービスがあるんですよ」

「そ、そうなんですか」

「ええ。世界で有名なファッションブランドのお店でも、シャンパンをサービスしていたりしますしね」

蒼井くんが挙げたブランドの例は、確かに誰もが知っているブランドの名前で。ミナトさんがふむふむと頷いている前で、私もなるほどと思わず頷いてしまった。

「ま、要するにそんなに気負わないでくださいってことです。皆さんにしていることですから」

ティレニアが蒼井くんの向こう側で口を挟みながら微笑むのが見える。その笑顔に、ミナトさんは引き込まれるように目を丸くしてゆっくり頷いた。

「……随分、正直に話してくれるんですね」

「お客様に嘘はつきたくないですから。ちょうど、この宝石のように」

ちょうど？　私が首を傾げている目の前で、ミナトさんの視線が一瞬揺らぐ。蒼井くんはすっと宝石の並べられている箱をミナトさんの正面にスライドさせた。

「この宝石って……」

「すべて、ガーネットですよ」

蒼井くんの言葉に、ミナトさんががばりと顔を上げる。

「え、ガーネットって赤だけじゃないんですか」

「はい。ガーネットには『青以外のすべての色がある』と言われていました。例えばこのオレンジ色のものはヘソナイトガーネット、緑色はデマントイドガーネット。紫色のものはロードライトガーネット……」

　ミナトさんにも分かるように、蒼井くんが一つ一つ、宝石を手で指し示しながら説明していく。

「……そして、中央にあるものが『真紅』のパイロープガーネットです」

　真っ赤な血のように赤い、真紅の宝石を、蒼井くんは指さした。

　パイロープというワードには、私も聞き覚えがある。

「パイロープかアルマンディンか」と蒼井くんは以前言っていた。恐らくそれはガーネットの種類のことだったのだろう。とすれば、このお客さんの宝石はきっと、パイロープガーネットだというわけで。

　お客さんの小指の宝石と、テーブルの真ん中に鎮座している紅い宝石。近くに並んでいるところを見てみれば、その色の差は歴然としていた。

　ミナトさんの小指の宝石の色は、かなり影のような黒みに侵食されてしまっている。

　一方で、蒼井くんが指し示した、テーブルの中央にあるその『パイロープガーネット』は、部屋の照明を通して赤く燃えるように光っていた。

　それは、まるで。

「――ギリシア語の『火』から名付けられた石です。心の底で、静かで熱い炎を燃やす石。ちなみに、ガーネットの石言葉は『真実』、『情熱』、『友愛』、『忠実』などですね」

「……『真実』」

蒼井くんの言葉をぽつりと繰り返して、ミナトさんが紅茶のカップを持ち上げる。その手は少し、震えていた。

「あの、先ほど仰ってた『青以外のすべての色があると言われていた』というのは？　いた、ということは過去形ですよね」

「良い記憶力をお持ちですね。鋭い方だ」

ティレニアがミナトさんの疑問に大きく頷くと、彼女は少したじろいだように身動きした。

ティレニアは流れるような動きでポケットから小箱を取り出す。黒いビロードの、ジュエリーショップの指輪ケースくらいの大きさの箱。

それをぱかりと開くと、深い透明感のある青の光を放つ宝石が、ビロードのクッションに包まれて現れた。

「ベキリーブルーガーネット。青いものはずっと『幻』と言われ、シャーロック・ホームズの物語にも『青いガーネット』という短編があります。ちなみに、その小説の発表は一八九二年。この宝石が発見されたのは一九九〇年代後半ですから、コナンドイルはすごいですね」

ティレニアの説明に、ミナトさんが目を見開いた。

「幻、ですか」

「そうです。そもそも自然界で『青』という色は珍しいんです。青い花が少ないように、実は『青い宝石』も数が少ない」

蒼井くんがそう言いながら、今度は蓋が閉まったまま置いてあった箱に手をかけ、それをテーブルの上で開いた。

黒い箱の中には、ヒビが入ってしまったアイオライトと――傷一つないアイオライトが青く光っている、蒼井くんがこの前ミナトさんに渡したものと同じキーチャーム。

「なのに、私は壊してしまったんですね。しかもいただいたものを改めて買わせてくれなんて、冷静になってみればどうしてこんな厚かましいことを……本当に、ごめんなさい」

ミナトさんが白い顔で頭を下げる。

「いいえ、前に申し上げた通り、あの石は商品として売り出せない石ですし。これはすでにあなたが受け取ったもの。どうするのかはあなた次第です。壊れていないものがほしいとあなたが思ったのは、厚かましいことではありません。むしろ安心しました」

言葉を切って、蒼井くんが紅茶を飲む。そして彼は落ち着いた手つきでフルーツサンドを手に取った。

「どうぞ、よかったら食べてください」

「あ、はい、ありがとうございます……」

優雅にサンドウィッチを食べ始めた蒼井くんに促され、ミナトさんもフルーツサンドを手に取った。そして一口食べて、彼女は目を丸くする。

「お、美味しい」

そのまま勢いをつけて彼女は一つ目を瞬く間に食べ終わった。私は内心胸をなでおろし、自分の分に手を付ける。

目の前に広がる宝石たちのようにカラフルなフルーツと、たっぷりの生クリームで作られたフルーツサンド。生クリームの控えめな甘さとふわふわの食パン、噛んだ途端にあふれ出るフルーツのジューシーな甘さ。

口の中にフルーツサンドの余韻を残したまま、レモンとライムのフルーツティーを飲む。レモンピールとライムピールの絶妙なバランスと爽やかな香りがぱっと広がり、フルーツサンドの甘さの余韻と混ざり合った。

隣を見ると蒼井くんがなんだか目を丸くしながらもサンドウィッチをあっという間に完食していて、私はなぜだか湧き上がってくる達成感に身を浸す。

「お客様。この後、何か用事がおありですか？」

ふと、蒼井くんが紅茶を飲んでいるミナトさんに問いかけた。彼女は視線を揺らし、ティーカップを置く。

「え、あの、どうして……」

「時計を気にしていらっしゃるようでしたので」

でた、蒼井くんの人間観察。私は小さく肩をすくめ、部屋にある大時計を見る。今はもう十八時だ。

「え、ええ。このあと待ち合わせの予定があって」

微かな物音を近くで感じて、私はそろりと周りを見回した。蒼井くんもティレニアも、何事もなかったかのように微笑んでいる。

気のせいだったのかな。

「素敵ですね。どこで待ち合わせですか？」

「鶴岡八幡宮です。お付き合いしている人と……」

ミナトさんが首を傾げながら答える。

ぴしり、とまた近くで微かに音がした。間違いなく、何かが割れる音が。

音のもとを探して私はテーブルの上の箱を見て——思わず声を上げかけた。

「いいですね。ちょうど今、鶴岡八幡宮で神苑《しんえん》ぼたん庭園《ていえん》が見頃ですしね」

蒼井くんは気づいているのか気づいていないのか、和やかに会話を紡いでいっている。

神苑ぼたん庭園。四月下旬から五月上旬にかけて咲く、百品種、一千株もの立派な春ぼたんを眺められる、鶴岡八幡宮境内の庭園だ。

私も行ったことがあるけれど、廻遊式で、和傘の中に咲く見事なぼたんたちを源氏池《げんじいけ》のほとりで眺められる素敵な日本庭園だった。

「ええ、そうなんです。ゆっくり綺麗な花でも見ようって」

ぴしり。空気を、さっきよりも大きな音が割った。

その音が聞こえた様子のミナトさんが、テーブルの上のアイオライトに目を遣り――そして、手を口に当てて固まった。

「……お客様」

蒼井くんが、ミナトさんが持ってきた時の状態よりも亀裂が深くなったアイオライトをそっと手に取った。そして表面を静かにさらりと撫でて、ミナトさんをまっすぐ見据える。

「ぼたん園は、十六時半に閉園するんですよ。鶴岡八幡宮自体は二十時に閉まりますが、ぼたん園は閉まるのが早いんです」

「……」

ミナトさんが口に当てた震える手を下ろす。口元を震わせ、黙って彼女は大時計をぼんやりと見た。そんな彼女を前に、蒼井くんはひび割れたアイオライトをそっと箱に戻す。

「今は、十八時です。もう閉まっています」

静かに言葉を紡ぎ――蒼井くんはティーポットにさし湯をしてから、空になったミナトさんのティーカップに紅茶を注いだ。

「どうぞ、飲んでください」

蒼井くんがティーカップを置きなおすと、俯いていたミナトさんがのろのろと顔を上げる。

「……これは、偶然なんでしょうか」

「何がでしょう？」

蒼井くんが静かに微笑みながらティーカップを傾ける。場を落ち着かせるような温かなその笑みに促されるように、ミナトさんは口を開いた。

「……なぜこんな嘘を、とお思いですよね。きっと」

「いいえ？　嘘がいけないことだとは、僕は思いません。時として必要な場合もありますから、その人の事情も知らずに『いけないこと』だと断定することは、僕にはできない。でも」

蒼井くんがティーカップを置いて、ゆっくりとミナトさんに話しかける。

「必要ない嘘なら、やめた方がいいと僕は思います。あ、一般論としてです。すみません、事情も知らない者が生意気に」

突然砕けたような口調でぺこりと笑顔で謝る蒼井くんに、毒気を抜かれたようなミナトさんが肩をほっと落とした。

「いえ……。そう、ですか」

「――よろしければ気軽に話してください、なんでも。お客様の情報はきちんと守りますので」

にこにこと愛想よく笑う蒼井くんに、ミナトさんはティーカップの中の紅茶を眺めながらぼそりと言った。

「……そうですね、もうここまできたらかっこ悪いとか言ってられないですね」

彼女は意を決したように紅茶を一口飲み、話し始めた。

「……やって行けなかったんです。私には、あまりにも何もなくて」

「何もない、とは？」

どういうことですか、と蒼井くんが真剣な目になって聞く姿勢を取る。ミナトさんは少しためらうような様子を見せた後、再び口を開いた。

「今って本当に、すごい世の中ですよね。みんなSNSをやっていて、日々の楽しかったこと、素敵な景色、恋人と行った場所、旅行の写真——色んな幸せな出来事をアップして、友達に報告してて」

「ええ、ほんとに。僕の同級生もSNSやってる方が多いですね」

蒼井くんの砕けた返しに、ミナトさんが「やっぱり、そうですよね」と少し頷く。そうして彼女は、「でも」と言葉を続けた。

「——『何も出来事がない人間』は、どうすればよかったんでしょう。みんなに話の糸口を、出来事の報告を提供できない人間は……？」

くっと口をゆがめて、ミナトさんが泣き笑いのような表情を作った。

「私の毎日なんて、取り立てて何もないんです。学生時代に母が亡くなってから父と二人暮らしで、二人とも働いていて、仕事が終わるとまっすぐ家に帰ってご飯を作って、休日は平日にできなくてたまった家事をやって。……ただ、それだけです。それだけの日々なんです」

辛いなら、SNSを見るのを止めればいい。それは正論で、自己防衛の一つの手段。

けれど、そうできない人間もいる。

人間関係、友達関係。はたまた、属しているグループ。それらの大部分がごく当たり前にSNSを使っているのなら、そこがコミュニケーションの場となるのもまた必然で。

見るのを止めれば、話に乗れない。知りたくないなんて、言えるわけがない。

だから止められないのに、周りの投稿は洪水のようにあふれ出る。煌びやかな写真とともに、襲い掛かってくる。

それはまるで、お前には話題がないのかと問いかけてくるようで。それはネット上だけでなく、対面での関わりにも侵食してくる。

「……だから私は、話を合わせるしかなかった。みんなと会話を続けるために、その場に合わせた話をするために。周りから『つまらない』と言われないために、そのために」

――そのために、嘘を言うしかなかったんです。

最後の方はもうかすれ声で言いながら、ミナトさんが俯く。先ほどまでぴしりと亀裂音を立てていたアイオライトは、今は静かにテーブル上の箱の中で光っていた。

「……何か、言われたのですか」

さっきまで黙っていた人間姿のティレニアが口を開く。穏やかな口調に促され、ミナトさんは下を向いて頷いた。

「聞こえてしまったんです。会社の同僚たちに、『ミナトさんが喋るとしらけるし、話もあまり面白くない。会話が続けにくい』って言われているのを。私、喋るのがあまりうまくないんです。その上、みんながしているような、華やかな話題を提供できるような出来事もない。だから、だから、せめて」

不協和音だと裏で言われ、でもどうしようもなくて。

みんなが会話に求めているのは、エンタメ性。ぽんぽんぽんとリズムよく進む話。盛り上がれる話。そんな話は、自分の身には実際に起こらない。

日々の同僚との何気ない会話になじめないのなら。

ついていけず、つまらないと爪はじきにされる前に。

そのためには、少しの嘘くらいは——。

「でも、駄目ですね。どんどん深みにはまっていくんです」

「深み？」

蒼井くんの返しに、ミナトさんは恐る恐る私たちの方を見る。

「一回嘘をつくと、その嘘の設定を覚えていないとぼろが出る。前言った自分の言葉との整合性をとるために、どんどん嘘を重ねていかないといけなくなる……。でも、やめられなかった。怖かったんです。私が喋った途端、会話が途切れてしまうのが。それに、だんだん掴めるようになってきたんです」

「何を、でしょう」

蒼井くんが問いかけると、ミナトさんは自嘲の笑みをこぼした。

「相手が今、どんなタイプの話を求めているかです」

彼氏に浮気されたと嘆いている同期には、もっと酷かった自分自身の恋愛の話を。

みんなが「行った」という話題の場所に、自分も行った、あそこは良かったという同意を。

仕事でミスをしたと落ち込む同期には、自分ももっと酷いミスをして上司からこっぴどく怒られたという話を。

彼氏はできたかという話題を振られれば、今度合コンに行くという話を。

みんなが観ているドラマや映画を、自分も観たというフリをして。

全部全部、嘘なのに。本当の自分で話をするよりも、話が長く続くのはなぜだろう。

「だから私は、『嘘だっていいじゃない、それでみんなが会話を楽しめるなら。誰も私の本当の話なんかに興味ないんだから』って思ったんです……」

ありもしない虚構の世界をハリボテで作り上げ、今日も自分は生きていく。

「でも、もっと滑稽なことに、それもそう長くは続けられないんですよね。合コンなんて行ってないの、勘づいている人いるみたいだし」

最初はほんの少しと思っていたのに、日が経つごとに感覚が麻痺していって。今では息をするように、些細《ささい》なことにさえ嘘をついてしまう。

どうすればよかったのか。これから、どうすればよいのだろうか。

もう身の処し方なんて、分からなくなってしまったのに。

「……そうだったんですね」

相槌を打った蒼井くんは、何かを考え込むようにじっと、黒いビロードの箱の上に広げられたガーネットを眺めた。

「お客様は、このパイロープガーネットのような方だと、僕は思います」

「え？」

蒼井くんの言葉に、ミナトさんが目を向けた。訳が分からない、といったようにぼんやりとした顔で。

「ご存じですか、ガーネットが『実りの象徴』とされていたことを。コツコツと積み上げてきた努力を実らせる石、それがこのガーネットです。

そして、この宝石の石言葉は『忠実』。『忠実な愛』という意味合いを込めて、恋人や家族に贈ることもある石なんです。しかもこの真紅は、心の奥底で燃える『火』の色だ」

「どういう、意味ですか」

ミナトさんの問いに蒼井くんは顎に手をやり、考え込むような姿勢で言葉を続けた。

「あなたの嘘のつき始めは、きっと『自分の大切なものを貶《けな》されることに耐えられなかった』からかと」

「……」

ミナトさんはただ目を丸くして硬直する。

「仕事をしながら、家族のために家事もこなす。これって十分、頑張っている自分を誇るべきことですよ。人によってはその進捗をSNSに上げる人もいるでしょう。……でもあなたはそれをしない。話題にしない。それって、『なんだそんなつまらないこと』と貶されてしまうのが嫌だから、ではないのでしょうか。あなたにとって大切な時間を、他人の尺度で測られ、値踏みされるのが、嫌だったから」

彼のゆったりとした言葉のトーンは、聞く人すべてを思わず引き込んでしまうような、不思議な厳かさがあった。私もミナトさんも、身動きもせずにじっと彼の言葉に聞き入ってしまう。

「僕、考えてみたんです。嘘をついてでも人の話に無理して合わせようとしながらも、あなたがその『嘘の内容』を実行しなかった理由はなんだろうって」

「……」

ミナトさんは何も答えずに俯いた。蒼井くんは顎から手を離し、にっこりと微笑む。

「それはあなたが、『家族と過ごす時間を大切にしたいから』ではないでしょうか。自分の好き勝手に生きようと思えばできるはずです。一人暮らしなりなんなり、家から飛び出して皆さんがしているように休日に遊びに行ったり、世間の人が言う『充実した日々』を過ごし、『嘘だったこと』を本当にするという選択もできる。でも、あなたはあえてそれをしていないし、『嘘』でカモフラージュしていますが、根本的な意味では自分の意志を貫いている。それは、あなたの中では既に大切なものの順位がついているからではないですか？　そしてきっと知っているんです、世間の人の言う『充実した日々』が自分にとって必ずしもそうではないということを。もっと近くに、他人にとやかく言われたくない大切なものがあるかもしれないということを」

──自分の好きに生きようと思えば、みんなのように過ごすこともできるのに、『嘘』自体をつかなくてもいいはずなのに、それをあえてしない理由。

蒼井くんの言葉に、ミナトさんはぴたりと体の動きを止めたまま。

ぴしり。

ミナトさんは俯いているから見ていないけれど、テーブルの上の箱の中でアイオライトのヒビが広がり、真っ二つに割れた。割れてもなおその輝きを失わないその宝石を、私は呆然と見る。その、完全に壊れたアイオライトと、隣で静かに光る紅いパイロープガーネットを。

そこからミナトさんの左手の小指に視線を向けた私は、思わず「あっ」という声を喉の奥で呑み込んだ。

彼女の左手の小指にあった、濁った色の宝石の指輪。それは、一瞬テーブルの上のパイロープガーネットと同じように炎みたいな紅い色を煌めかせたかと思うと——私の目の前でふっと消えたのだ。

汚れた宝石の消失がお客さんの指の上で起こるのを実際に眺め、息を呑む私の隣で、蒼井くんが深く頷く。

「あなたの嘘の根本の理由は、きっとそれだと思うんです。……だからなおさら、もう迷わなくていい」

蒼井くんがそう言いながら、壊れていないアイオライトが嵌め込まれた新しいキーチャームをミナトさんの前にコトンと置いた。

ミナトさんは黙ってその鍵を見つめる。

「それに、あれですよね。人が喋っている内容に『しらける』とか『面白くない』とか、裏で陰口をたたく人の方が問題ですね。当たり前のことですが」

「え」

天使のような笑顔で突然本音をかます蒼井くんの言葉に、ミナトさんはびくりと肩を震わせた。

「そりゃあ、人を傷つけるようなことばかり言うとか一方的に自分のことばかり話すとか、そういうのでしたら問題ですけど。あなたの場合、全然そうではなさそうですし」

「え、あ、あの」

「ということで、あなたが気に病む必要は全くありません」

にこやかにそう言った後、蒼井くんは先ほどお客さんの前に置いた、新しい方のアイオライトの鍵を手で示した。

「その宝石は、アイオライトといいます。進むべき方向を、迷わないように照らしてくれるお守りの石。きっとあなたを導いてくれます」

ミナトさんはじっと鍵を見つめた後、蒼井くんに「どうぞ」と促され、震える手に取った。

「……ありがとうございます。すごく綺麗なんですよね、これ。見てるだけで気分が晴れてくる気がして。壊れちゃったときに、なんだかすごく、どうにかしなきゃって思ったんです。どうしてでしょう」

「ふふ、それはそういうものですからね」

ティレニアが謎めいた言葉を発して、大時計を見上げる。そしてにこやかにミナトさんを促した。

「すみません、もう十八時半になってしまいますね。お買い物がおありだったのでは」

その言葉に、はっと我に返ったミナトさんが、慌てたようにぺこりと私たちに頭を下げる。

「そうだ、ご飯の買い物に行かなくちゃ。あの、お代は」

「いりませんよ。素敵なティータイムを、ありがとうございました。お客様の個人的なお話まで伺ってしまいましたし」

茶目っ気たっぷりにウインクして見せるティレニアの目の前で、ミナトさんの頬にぱっと赤みがさした。

「む、むしろすみません、なんだか愚痴みたいになっちゃって」

「いいえ。僕にはすごく興味深い話でした。興味深いついでに、もう一つお伺いしても？」

「なんでしょう？」

椅子から立ちあがるミナトさんをエスコートしながら、蒼井くんが静かに問いかける。

「今日の夕食の献立は、何にするんですか？」

「……そうですね」

先ほどの応接室から店内へ、そして店のアンティーク調の扉の前まで歩いたところで、考え込んでいた様子のミナトさんが足を止めて、振り向いた。

「……豚肉と茄子の味噌炒めに、野菜とひじきを豆腐で白和えに。それから、お麩《ふ》のすまし汁にしようかなって思ってます。父と私の、大好物なので」

「すごく素敵ですね、美味しそうだ。ねえ、今度僕たちも作ろうか」

ミナトさんにそう返しながら、突然私の方を振り返る蒼井くん。その口もとは微かに、一方の口角が上がっていて。

——ほんとに食えない男の子だな、と私は心の中で小さく呟く。

「……手伝ってくれるなら、いいですけど」

「勿論手伝うってば。え、ちょっと、怒ってる？」

「ふふ」

私の返しになぜか少しあたふたしだす蒼井くん。私たちのやりとりを見て、ミナトさんが笑い声を漏らした。

「さっきのフルーツサンドとお茶、とっても美味しかったです。なんだかすごくすっきりした気分。本当に、ありがとうございました」

「いえいえ。それでは、お気をつけて」

ティレニアが流れるような仕草で店の扉を開け、お辞儀する。

最後にもう一度一礼を寄越したミナトさんの姿が扉の向こう側に消えていくと、蒼井くんとティレニアはほうっと息をついた。

「よし、一仕事終わった終わった。これで大丈夫だよな？　もともとお客さんに渡したアイオライトも真っ二つになったし」

蒼井くんが伸びをしながら聞くと、ティレニアが真顔で頷いた。

「はい。ほら、『写身』だったパイロープガーネットが綺麗になってますから」

いつの間に持ってきたのか、ティレニアが黒いビロードの小箱をこちらに向かって差し出した。ちょうど、指輪用のジュエリーケースのような箱だ。

蓋を開けるとそこには燃えるように紅い宝石が、静かに光りながら鎮座していた。

赤黒かった『写身』の宝石。心の宝石と連動した状態になる宝石。それが、綺麗な色になっているということは。

「よしよし。今日もオッケー、メンテナンス完了。ところで」

蒼井くんが満足げに頷く。そして、二人は揃ってくるりとこちらを振り返った。

「桐生さん、大丈夫……？」

二人の視線を感じて、私はハッと我に返る。どうやら、驚きの連続で知らず知らずのうちに呆《ほう》けていたらしい。

「あ、あの……結局あのお客さんは」

どうなったんだろうか。——あの、彼女の小指にあった赤黒い石は、綺麗な色になったかと思った瞬間、私の目の前から消えた。

夢みたいな光景だったけれど、あれは夢じゃない。

「もう大丈夫。俺には見えないから予想だけど、小指に見えてた汚れた宝石の指輪、テーブルの上に置いてた古い方のアイオライトが真っ二つになるのと同時に消えただろ？」

「う、うん。でもどうして分かるの？」

「前に言ったろ、俺の叔父も桐生さんみたいに心の宝石が直に見える人だって。そのおっさんが前言ってた。メンテナンスが完了すると同時にお客さんの体に見えてた石は綺麗な色になって消えるって」

そうなんだ。納得して頷く私の前に、蒼井くんが満足げにパイロープガーネットの小箱に壊れたアイオライトをそっと入れて差し出す。どうやら先ほど応接室のテーブルの上の箱の中にあったものを持ってきていたらしい。

私はその箱を受け取り、まじまじと見た。

炎を秘めたように光が揺らめくパイロープガーネットに、真っ二つに壊れたアイオライトの欠片。

「前にも言ったけど、お客さんの体にアクセサリーとして見える『心の宝石』は、叔父曰く『見つけてほしい』サイン……救いを求めているってことなんだってさ」

「な、なるほど……そう言えば言ってたね」

「だから汚れを取り払われれば、そのサインは消えるってこと。それがあんたの見た『お客さんの指の上の指輪の消失』。あれはもう『護り石』が役目を果たしたから消えた。ほら、この元『写身』のパイロープガーネットと壊れたアイオライトがその証拠。俺たちが最初にお客さんに渡した『護り石』――アイオライトが汚れを引き受けてくれたから、もうパイロープガーネットがくすんでない」

汚れを引き受けてくれただって？　私が蒼井くんの説明に首を傾げると、「訳が分からないって顔してますね」とティレニアが苦笑して私の顔を覗き込んだ。

「『護り石』というのは、それぞれの石言葉通りの力を持った、この店の倉庫で宝石魔法師が管理してる宝石たちのことです。お客様に合った『護り石』を処方して、その人の心の宝石の汚れを取り払う――それがこの一族の仕事。護り石がそのお客様に降りかかる厄災をある程度肩代わりしてくれるので、そこで先ほどのようにお客様と僕たちで直接対話をして、心の奥にある毒を吐き出させ切るのです。順調にいけばお客様に渡した護り石が一度完全に役目を果たして真っ二つに割れて、そこでメンテナンスが終わる。そして、最後は改めて綺麗な護り石をもう一回渡して、そのお客様がこれから歩いていく道を手助けする――ここには、ぎりぎりまで我慢して、それでも周りに助けを求められずにあがいて、そういう助けを必要とする方々がよく来るのです」

ティレニアが説明する隣で、蒼井くんは頷きながらポケットから黒いビロードの小袋を取り出す。そして私の手の中の箱から壊れてしまったアイオライトを拾い上げ、そのビロードの小袋にしまい込んだ。

「巷でよく言われる『パワーストーン』、あれって実は本当にあるんだわ。石言葉ってあるだろ？　あの言葉を反映した力を本当に持つ宝石が、ここにはある」

蒼井くんがアイオライトの入った小袋を持ち上げながら茶目っ気たっぷりにニヤリと笑った。

「俺たちが扱うのはそういう宝石。今回のお客さんに処方したのは、アイオライトで——その石言葉は、『徳望』、『誠実』、『目標に向かって正しい方向に前進』。迷っている人を導いてくれる石な。だから渡したんだ、あの人がもう、これ以上迷わないように。そして人の縁にも恵まれますようにってな」

「あれ以上嘘を重ねるようになったら、少し危なかったですからね」

蒼井くんの言葉を引き取って、ティレニアが肩をすくめる。

「あ、危なかったって……あの、嘘が癖になるってこと？」

「その通り。よく覚えてるじゃん、桐生さん」

——一番最悪のパターンは、自分自身でついた嘘に自分が呑み込まれることだね。

あの蒼井くんの言葉が、頭の中に蘇《よみがえ》る。

「言っただろ。『嘘』っていうのは自分自身の誠意と引き換えなんだ。それがだんだん考えられなくなって、癖になっていけば、嘘をつくことによって失うもの、背負っていくものの重さが分からなくなるのさ。もうそこまでいったらその『癖』を直すのは困難だな。意味を考えないで嘘をつくようになるんだから」

蒼井くんの説明はとても分かりやすかったけれど、なんだかぞっとしてしまった。何気ない嘘の繰り返しが、そんな結末になることもあり得ただなんて。

「そんな顔すんなよ、もうあのお客さんは大丈夫。ほら、あの人の石の色、綺麗な状態に戻っただろ」

蒼井くんの言葉を受けて、私は改めて黒いビロードの箱の中で紅く光る宝石を見つめる。炎のように混じりけなく紅く、もう汚れていないそのパイロープガーネットは、黒い箱の中で強く輝いていた。

「悠斗のあれ、結構やられた側は魂レベルで忘れられないでしょうからね。もう取り繕う嘘はつかないと思いますよ、あの人」

苦笑しながらティレニアがやれやれとでも言いたげに自分の頭をかく。

「ああ、確かにあれ、結構ヒヤヒヤしたかも……」

先ほどの光景を思い出して、私は頷いた。嘘をついて世間話を進めようとするお客さんと、それを静かにいなし、嘘だと指摘する蒼井くん。

そして、お客さんが嘘をつくたびにヒビが入っていくアイオライト。

お客さんが震えていたのも頷けるし、当分嘘をつこうとするたびにこの光景が頭にちらつきそうだ。

それにしても、と私は冷や汗をかく。大人顔負けの礼儀正しさで接客していたかと思えば、ころっと等身大の高校生みたいな態度を見せてお客さんの警戒心を解く蒼井くんは、なんというか……すごく底知れなすぎる。

「何か言いたそうな顔してるけど、どうした？」

「いえいえなんでもないですよ!?」

きょとんと首を傾げる蒼井くんから、私は一歩後ずさって斜め上を見上げる。いかん、失礼なことを考えてしまった。

そんな私を見て、蒼井くんは悪戯《いたずら》っ子みたいな笑みを浮かべた。

「ま、そんな訳でこれからもよろしく。あんたは貴重な戦力だ」

「今回私、何もできてないけど」

ぽん、と肩に手を置いてくる蒼井くんに、私は狼狽《うろた》える。

「いんや、十分合格点だ。いやー助かるわ、調理要員と接客要員！　ちょっと最近キャパオーバーでさ」

「え？」

「そうなんですよね。しかも悠斗はこだわりが強くてうるさ……痛いですよ悠斗、足をしれっと踏まないでください！」

にやにやしていたティレニアが突然、言葉の途中で綺麗な顔を歪《ゆが》ませ、蒼井くんを見る。私が彼らの足元に視線を移した時には、蒼井くんは何事もなかったかのように足を揃えて立っていた。

「美味しい食事と飲み物って、想像以上のリラックス効果があるからさ。お客さんと対話するときにそれがあるとないとじゃ大違いだから、俺たちで用意してたんだけど、これがまあ二人だけだと大変で」

蒼井くんが満面に笑みをたたえて私の方を向く。有無を言わさない迫力のある笑顔だ。

「前から知ってたよ、桐生さん料理できるだろ。でなきゃ急にリクエストされてフルーツサンドなんて作れないし。しかもちゃんと気を使ってはちみつ入りのまで作ってくれるし。違い、すぐに分かった」

「……っ！」

蒼井くんの言葉に、私は完全にたじろいでその場に固まった。

「言ったでしょう、悠斗はこだわりが強いと。はちみつに関してはすぐ分かりますし、味にはうるさいんです」

「いや、こだわりが強いっていうか、むしろなんか怖いです……」

ティレニアの説明に、私はあっけにとられて呟いた。

確かに、私はフルーツサンドの半分をはちみつ入りで作った。生クリームを二つのボウルに分け、一方に「密かに追加したもの」は、棚から取り出したはちみつ。

あまりにティレニアがはちみつを勧めるものだから、なんだかすんなり正直に入れるのも恥ずかしくて。そこまでこだわりが強いなら見せてもらおうじゃないの、と思ってマスカルポーネチーズの方のクリームにこっそりはちみつを混ぜたのだった。

「俺を引っかけようとしてもすぐ分かるから無駄。ローズマリーのはちみつ入れたろ」

「……」

蒼井くんから、私は無言で後ずさる。全部当たりすぎて怖い。こんな一面が、学校の『王子』にあっただなんて。

「悠斗、はちみつ論は分かりましたから。とりあえず後片付けを」

「了解」

ティレニアが大きなため息をつきながら私の手にあるパイロープガーネット――『写身』の宝石が入った箱を手で指し示すと、蒼井くんはすっと真面目な目に戻って頷いた。

「後片付け？」

「そ。こうやって手元に『対価』として残った宝石を保管する。一昨日説明したろ？」

――メンテナンスが完了すれば『写身』の宝石はその人の心の状態と完全に切り離され、

ただの宝石となる。

お客さんの『心の宝石』本体は綺麗に。連動して綺麗になった『写身』の宝石は宝石魔法師の手元に残り、この店の倉庫に保管される。お客さんの心の宝石の、メンテナンスをした対価として。

「対価として、ただの宝石と化した『写身』の宝石をいただくって話のことな」

「だから悠斗、言い方が。怪盗くさいです」

「おお、一昨日の『泥棒』より進化してるじゃん」

「そういう問題ですか」

二人の会話をよそに、私は手に持っている小箱の中で煌めくパイロープガーネットを見つめる。蒼井くんの説明からすると、このガーネットはこれからこの店に保管されるということで。

「この宝石を、保管……」

「そ。俺たちの石は、人との縁もつなぐ。この硝子館に保管された宝石が、他の人を助けてくれる。この真っ二つになったアイオライトも、少し時間を置けば直ってまた使えるようになるから、両方とも保管しにいかないと」

ついてきて、と蒼井くんが優しく私の手を握る。その力は案外強くて、そしてぬくもりがあって。びっくりしたけれど、決して嫌ではなかった。

——私にとっては、なんだか無性に泣きたくなってしまうくらい、温かい手だった。

蒼井くんとティレニアが踵を返してレジの奥へと向かう。その後ろのブラックチョコレート色の扉を、彼らは開いた。

「結構広いですから、迷わないように気を付けてくださいね」

そう意味ありげに二人がニヤリと笑う。「秘密の倉庫へご案内」と言いながら。

——ああ、全く、本当に。訳が分からないことだらけだけど、これだけは言える。

この人たちは、きっと本気で人を救ってくれるのだと。その笑顔を見れば、こんな手の温かさを知れば、「こんな私」にだってそれが伝わってくる。

私は先ほど笑顔で入り口の扉から消えていったお客さんを思って、心の中でそっと願った。

どうか、どうか、あのお客さんにも。私にとっての彼らみたいに、こんな素敵な縁が、ありますようにと。

第二話・ラブラドライトと結婚式

はちみつの適切な保存環境は、直射日光の当たらない涼しい場所。

なんでも、はちみつ自体に殺菌効果があるから、正しく保管していれば理論上は何年経っても食べられるのだとか。

「にしても、この量はちょっと」

時刻は放課後、平日の十五時半。パイロープガーネットのお客さんの一件から二週間ほど後の、ある日のことだ。

私はバイト先のキッチンで、はちみつのガラス瓶がずらりと並ぶ棚を見て唸っていた。

いくらはちみつが何年経っても食べられるとはいえ、こんな何十種類もあったら食べ切れずに数年間放置してしまうことになる。なんだかそれは嫌だなあ、と思っていたのだが。

「この量をローテーションして数か月の間に食べ切っちゃうってどういうことよ」

「言ったでしょう、はちみつが大好きなんです、うちのあの店員は」

綺麗に磨き上げられた白黒タイルの床の上で、毛並みの綺麗な黒猫が私を見上げた。

「ティレニア、熊みたいなことしれっと言わないで……」

「誰が熊だって？」

ティレニアに言ったつもりの言葉が、予想外の人物によって拾われる。私はぱっと顔を上げて、反射的にキッチンの奥へ後ずさった。

「蒼井くん！」

「おーおー、相変わらず幽霊に出くわしたみたいな反応すんね。傷つくなあ」

いつの間にやら、キッチンの入り口に蒼井くんが立っている。彼は窘《たしな》めるような目つきで、固まる私とティレニアを見た。

「悠斗の登場の仕方、毎回神出鬼没すぎるんですよ」

「俺に何か言ったか？　ティア」

ぼそっと宙を見上げながらぼやいた黒猫のもとに、蒼井くんが笑顔でしゃがみ込む。どこか腹黒さを感じさせる、満面の笑みである。

最初こそ学校での蒼井くんと、ここ硝子館での彼の言葉遣い、そして態度の差に戸惑ったものの。最近は慣れてきてしまっている自分がいる。

いやそれよりもと、静かに見えない火花を散らしている二人に、私は慌てて声をかけた。

「ごめん、ちょっとびっくりしただけだって。それより二人とも、はちみつとイチゴのコンフィチュール作ったんだけ……」

「お、食べる！」「食べます！」

私の言葉が終わらないうちに、二人（いや今は一人と一匹）が顔をがばりと上げる。目を輝かせる二人に、私は瓶詰めしたコンフィチュールを差し出した。

「で、コンフィチュールってなんですか？　ジャムではないのですか、それは」

首を傾げるティレニア。黙っているとかわいい猫にしか見えないその仕草に、私は頬を緩めた。

「コンフィチュールってーのはフランス語の単語な。語源は『コンフィット』。『砂糖や酢、あるいは油などに漬けた』って意味さ。

コンフィチュールは砂糖で果汁を浸出させて、果汁だけを煮詰めた後に果肉を漬けるのが一般的な製法。ジャムとよく似てるけど、ジャムは『果実、野菜、花弁に砂糖などを加えてゼリー化するまで加熱したもの』だから、ドロッと具合が違うかもな。コンフィチュールの方がさらっとしてて果肉が残ってる」

「ふむ。まあ、美味しそうだからなんでもいいです。ジャムでもそのコン……なんとかでも」

蒼井くんの説明そっちのけでイチゴのコンフィチュールの匂いを嗅いでいたティレニアがあっさりと一蹴。蒼井くんはため息をついて肩を落とした。

「俺の懇切丁寧な説明の意味……」

「ま、まあまあ。とりあえず食べよ？　買ってきたばかりの食パンもあるから、それトーストした上に載せて食べてもいいし、牛乳に加えてはちみつイチゴミルクとかもできるよ」

「……うん、食べる。食べたい」

私の言葉に、蒼井くんがそう言ってこっくりと頷いた。

だんだん気づいてきたけれど、どうやらこの硝子館の面々は食い意地が張っているらしい。そんなことを言ったら、怒られるだろうけれど。

食事の話をすれば機嫌も直るし、とりあえずご飯の話をすれば食いついてくれるし、「こだわりが強い」とティレニアから聞いていたものの、今のところなんでも美味しそうに食べてくれる。

しかも結構な食べっぷりだから、なかなかに作り甲斐がある。

「おお、これ両方とも美味いな」

トーストにコンフィチュールを載せ、一口齧《かじ》った蒼井くんが目を丸くする。

「ほんと？　良かった」

その言葉にほっとして、私は自分の分のパンを手に取った。横では蒼井くんがキッチンのカウンターに寄り掛かった姿勢で、トーストをもぐもぐと食べている。いわゆる立ち食いスタイルなのだけれど、蒼井くんがやるとそれすらもお洒落に見えてしまうのはなぜだろうか。

そんなことを思いながら、私はトーストを齧った。

うん、確かに美味しい。

さすがはパン屋さん激戦区の鎌倉。美味しいパン屋さんもよりどりみどり、多種多様な種類のパンがあちこちで売られている中で悩んだ結果、原点回帰で食パンを買ってみたのだけれど。これも正解だった、と私はさらにトーストを食べ進める。

今回買ったのは、生地にたっぷりバターを練り込んだ、濃厚で滑らかな食感の食パンだ。そのままだともっちり、焼くとさくっとした食感になる二度美味しい食パン。

食パンそのままのものと焼いたもの、それぞれを皿に盛って休憩室で食べる時間は至福だ。甘酸っぱいゴロっとしたイチゴの果肉とはちみつの甘さ、そしてレモンの爽やかな香りが広がるコンフィチュールが、食パンによく合う。のだが。

「猫って、食パンとかコンフィチュールとか食べられるっけ？」

早速食パンに向かって前足を伸ばしかけたティレニアに、私はふとした疑問をぶつけた。

「僕はただの猫とは違います」

少しむすっとした表情で反論する黒猫。右前足を上げたまま反論するものだから、ただただかわいいだけである。

「でもティレニアが食べられるとしても、その姿のままだと喉とか詰まるよね。ごめん、細かくちぎるからちょっと待……」

目の前のパンに手を伸ばしつつそう言いかけた言葉が終わらぬうちに、私の前からひょいとパンを取り上げる手が一つ。

「この姿なら問題ないでしょう？」

私は恐る恐る、手が伸びてきた方向を見る。そこには優雅な手つきでパンにジャムを塗る、青い目の青年の姿があった。

「問題……ないですね」

「よろしい」

思わず敬語になってしまった私に、ティレニアがどこか上から目線でにっこりと頷く。問題ないけれど、心臓に悪いから一言声をかけてほしい。思わずそう言いかけたとき、私の中で今更ながらの疑問が浮上した。

「あのさ……店番は？」

私の言葉に、人間姿で食パンを齧っているティレニアと、蒼井くんが揃って顔を向ける。私がその場に硬直していると、二人は同時にニッと笑った。

「問題なし。誰かが来れば、分かるから」と蒼井くん。

「そうです。基本的にこの店には用がある人しか来ませんし。そもそも店頭に堂々と置いてあるのはガラスですし、宝石狙いの泥棒たちも来ませんから大丈夫ですよ」と、黒髪美青年姿のティレニア。

そういう問題なんだろうか。あまりに二人が堂々としているから、私は残りの言葉を呑み込んだ。

「……いや、やっぱり誰かいないと問題なんじゃ」

一拍おいて私は考え直し、慌てて扉の方へ足を運ぶ。そんな私を相変わらず食べる手を止めずに見送る男子二人。

「大丈夫だって。あ、でもそうだな……ちょっと『青の宝石の棚』の様子、見てきてほしいかも」

蒼井くんがぽんと手を打って頷く。なんだか仕草がちょっと古臭い。

「青の宝石の棚？」

「そ。この前見せたろ、『秘密の倉庫』。ちょっと見て来てくれない？」

――よろしくね、と笑顔で蒼井くんが首を傾げる。私は黙って頷いた。彼の笑顔には、逆らえない迫力があるからだ。


店内には柔らかな午後の日差しが大きな窓から差し込んでいるだけで、あの二人の言う通り誰もいなかった。

私は一度だけ大きく深呼吸をして、レジ奥の扉を開ける。

そして、その奥に続いている白い廊下にぽつんと二つだけある扉の、右側の方のドアノブに手をかけ――ゆっくりと扉を押し開けた。

「やっぱり、すごい……」

思わず感嘆のため息が自分の口から漏れ出る。

『秘密の倉庫』。この前二人が私に教えてくれた場所だ。宝石を保管する大切な場所。

その場所は、これまで見たこともないほど大きな広間だった。あの小さな扉の奥には、見た目からは想像もつかないくらい、奥行きのある空間が広がっているのだ。

ビロードのクッションが敷かれた小さなガラス瓶に安置された宝石たち。その宝石が入ったガラス瓶が壁一面、ぎっしりと棚に並べられた壮麗な部屋。

いくつもの太い柱が天井を支えているのだが、その天井ははるか頭の上の方にあって、丸く大きい窓から青空が覗ける。その青空から柔らかく差し込む日差しを宝石たちが反射して、光の水たまりをそこかしこに作っていた。

ただでさえ煌めきを放つ石が、クリアな瓶の中で金色の光に照らされながら勢ぞろいしている様は、見事としか言いようがない。

しかもこの広間は吹き抜けになっていて、上方にはこの空間をぐるりと取り巻く回廊がついていた。つまり、螺旋《らせん》階段で登れるようになっている造りというわけだ。回廊はそのまたさらに上へいくつも連なっていて、そのどこにも宝石の瓶が連なっている。

私はただただ目の前の景色に圧倒されながら、ぼんやりと螺旋階段を登る。目指すは、この部屋の最上部にある『青の宝石の棚』だ。この広間には多種多様な宝石たちが置いてあるけれど、その中でも「青い宝石」にだけは専用の棚がある。

黙々と歩きながら、私はこの前蒼井くんに教えてもらったことを思い返していた。

「この店に来るお客さんが『心の宝石』のメンテナンスを受ける対価は、その人の宝石の『写身』がただの宝石と化したもの。お客さんに触ってもらった箱の中に最初に現れる宝石は、その人の宝石の『写身』……つまり、その人の心の宝石と連動するコピーだ。

メンテナンスが完了すれば、『写身』の宝石はその人の心の状態と完全に切り離され、ただの宝石になる。それを対価として、俺たちはここに保管してるんだ」と。そう、蒼井くんは教えてくれた。そして、その保管された宝石たちが、未来の『護り石』となることも。

彼がそう言ったとき、なんだか私は納得した。

だから、蒼井くんたちはお客さんから一切代金は受け取らなかったんだ。そしてその人に合う宝石を処方し、その人がこれから歩いていくのを手助けする。

それが、この店の宝石魔法師の役目。

「やっぱり現実離れしてるし、スケールが大きくて途方もないな……」

私は呟きながら青の宝石の棚の前まで来た。

――青い花と同じくらい、実は数少ない「青い宝石」。

宝石の瓶が置いてある棚には、それぞれ瓶の手前に小さな黒いプレートが埋め込まれていた。プレートの上に白い文字で何かが書かれているのに気づいて、私は身を屈める。

「『ネオンブルーアパタイト』、『アレキサンドライト』、『ラブラドライト』、『ラピスラズリ』、『ベキリーブルーガーネット』……あ、これプレートに宝石の名前書いてあるんだ」

この前のパイロープガーネットのお客さんが来たとき、私も目にした青いガーネットがここにある。プレートの意味に、「なるほど」と頷きながら数種類の青い宝石を見ていくうち、違和感のあるものが棚の一番端にあることに私は気づいた。

「あれ、これなんだろ」

プレートの表示も何もない場所にぽつんと置かれている、宝石の入った瓶が一つ。

そしてその瓶の中にある宝石は、青いものではなかった。

青くないどころか、何色なのかも微妙なところだ。茶色くすすけていて、光も濁っている。まるで、メンテナンスする前の……。

「桐生さん」

肩にとん、と手を置かれて私は文字通り跳び上がる。恐る恐る顔を横に向けると、そこには私を心配そうな顔で覗き込む蒼井くんがいた。

「すんごい深刻そうな顔してたけど。大丈夫か？」

「だ、大丈夫大丈夫」

突然話しかけられて、心臓が縮みあがりそうなくらいどくどくいっている。

そんな私に構わず、蒼井くんがすたすた歩いてベキリーブルーガーネットの瓶を持って来た。

さっきと同じ棚の前で立ち尽くしていた私の目の前へ、彼は瓶を差し出してくる。

「見せたいものがあってさ。このルース、よく見てて」

蒼井くんが宝石の入った瓶から、ベキリーブルーガーネットの裸石——ルースを出す。

彼はおもむろにポケットから銀色のペンライトを取り出し、その光を宝石に向けた。

「なにを……」

私は言いかけた言葉を思わず呑み込む。

ペンライトの光に照らされたベキリーブルーガーネット。

天井から差し込む太陽光の下では透明感のある深い青色だった宝石は、ペンライトに照らされた途端、その色をガラリと変えていた。

「カラーチェンジする宝石なんだ、これ。白熱灯の光の下だと青色から濃厚な赤紫に色が変わる」

「ほんとだ、全然違う色になった！」

色がこんなにもがらっと変わる宝石があるなんて、知らなかった。

青色から鮮やかなレディッシュピンクへと変貌を遂げた宝石は、深い青の時とまた違った華やかさがある。色んな角度からペンライトの光を当てると、角度によって青い宝石の中に紅い炎がちらちらと揺れ動いた。

「気に入ったみたいでよかった。見せた甲斐があるってもんだ」

ふふ、と頭上から微かな笑い声が聞こえてきて、私は顔を上げる。

色が変わる宝石に夢中になるあまり、いつの間にか前のめりの態勢になっていたことに今更ながら気づいて、私は慌てて身を起こした。

「あれ、もういいのか？　もっと見てていいのに」

「や、そろそろお店戻らないとかなって」

一応、今はバイトの時間中だ。思わず見とれてしまったけれど、宝石をじっくり見ている間にも勤務時間は刻々と経過していっている。

「相変わらず真面目だな。大丈夫、店はティアが見てるし、お客さんが来れば分かるから」

ぽん、と私の頭に軽く手を置いてから蒼井くんが悪戯っぽく笑う。そして何かを考え込むように一瞬宙を見つめ、彼は宝石を瓶の中に戻し始めた。

「あのさ……前ティアが言ってただろ。『青いガーネット』って短編が、シャーロック・ホームズの小説にあるって話」

蒼井くんに言われて、私はパイロープガーネットのお客さんが来た時の会話を思い出す。シャーロック・ホームズの物語の中で、青い宝石が出てくる短編。そういわれてみると、どんな話なのか純粋に気になった。

「ああ、そういえば。どんな話なの？」

しばし流れる沈黙。私は宝石の棚から目を離し、会話相手である蒼井くんの方に視線を向ける。

「え、私なんか変なこと言った……？」

蒼井くんは少し目を見開いてこちらを見ていたのだ。いったい、なんなのだろう。

「いや」

俯いてゆるゆると頭を振り、否定の意を示す蒼井くん。そして彼は、下を向いたままこう言った。

「そっか、知らないのか……」

どうやら「マジか、読んだことないのか」という意味の反応だったらしい。何せ天下のシャーロック・ホームズ・シリーズだ。蒼井くん、もしやシャーロッキアンだったりするのかな。

「いやごめん。私、推理小説にはあんまり明るくなくて」

謝りながら思う。これ、別に謝ることでもなんでもないな。小説のジャンルの好みは人それぞれなのだし。

「いや、そこは人それぞれだからな」

「どっちなんですか」

マウンティングしたいのか私を肯定したいのか、どちらなのか分からない。私は思わず突っ込んでしまった。

蒼井くんはわざとらしく咳払いをして、「まあ、ともかく」と話を戻す。

「さらっと話を説明すると、『クリスマスの時期に道に落ちていたガチョウを拾ったら、その餌袋の中からとんでもなく価値の高い、盗まれた宝石が転がり出てきた。なぜこんなことになったのか』――みたいな筋の話だな。

あの短編が発表された当時には、自然界に青いガーネットなんて発見されてなかった。だから『コナンドイルは本当はなんの宝石をモデルにしたのか』って、色んな説が出てる。まあ、結局結論は出てないんだけど」

「色んな説……」

私は自分の後ろ側にある、青い宝石たちの棚を振り返る。もしかしたら、この中にそれがあるのだろうか。

「そ。例えばブルーダイヤモンドなんじゃないかっていう説もあったな。ほら、これ」

蒼井くんが慣れた手つきで、また別のガラス瓶を手に取った。透き通った薄氷みたいな淡く明るいブルーの石が、黒いビロードの上で光っている。

「確かにカラーダイヤの中でもブルーは希少性が高い。天然のものは『十万分の一の出会い』って言われることもあるし、あり得るかもしれ……」

「おーい、お二人さん。店にお客様ですよ」

蒼井くんの解説の途中に、下の方から割り込んできた声が一つ。螺旋階段の隙間から下を見ると、倉庫の扉から人間姿のティレニアが顔を覗かせているのが見えた。

「分かった、今行く。桐生さんも一緒に来て」

宝石の瓶をそっと元の位置に戻し、蒼井くんが螺旋階段へと足を向ける。私は彼の後を追いながら、さっきから気になっていたことを尋ねてみた。

「で、何のために『青の宝石の棚の様子、見て来て』って私に言ったの？」

「え？　何が？」

不思議そうな表情で私の方を振り向きながら、蒼井くんが器用に階段を下っていく。地味にすごいけど、その体勢はだいぶ危険だ。

「前見て、前。足、階段から踏み外したら危ないと思う」

「はは、心配してくれるんだ？」

からかいの色が滲み出ている彼の声色に、私はぐっと言葉を詰まらせた。

なんだろう、下手に肯定したら何かに負けてしまう気がする。

「うん、そりゃ人として」

「人としてかい」

私がなんとか絞り出した答えに、蒼井くんが笑いながら突っ込む。それからふっつり会話が途絶え、私は気づいた。

結局、私が問いかけた質問の答えは謎のままだ。

「あのさ、結局ここに来た意味……」

私は聞きかけて口をつぐむ。蒼井くんは顎に手を当てて何かを考え込んでいるし、なんとなく質問しづらい。

別に大した意味はないのかも。綺麗な宝石も見られたし色々教えてもらえたし、まあ別にいいかと一人頷きながら、蒼井くんと一緒に螺旋階段を下る。

階段を下り切って広間の一階を早足で歩き、倉庫の出入り口を通る。白い廊下から店内へ続く扉に、私が手をかけた時だった。

「……ったから」

後ろで何かをぼそっと言う蒼井くんの言葉の切れ端が聞こえてきて、私はドアノブを握ったまま彼の方を振り返った。

「綺麗なもの見せたら、喜ぶかなって思ったから」

そう言いながら身を乗り出し、予想外の返しに固まる私そっちのけで蒼井くんが店内へと続く扉を開く。そして彼は、店内に向けて優雅に一礼した。

「お客様、いらっしゃいませ」

その仕草にならい、慌てて私もぺこりと一礼する。そんな私たちの足元へ、いつの間にか黒猫の姿に戻ったティレニアがとことこ駆けてきた。

「こんにちは。あの、営業中ですよね？　勝手に入ってすみません」

店内には一人の女性のお客さんがいた。ふわりと毛先がカールしたボブヘアに、すらりとした手足。歳は二十代半ばくらいだろうか。ベージュの春物のトレンチコートを腕にかけ、黒地に花柄の春物ワンピースを着た女性が、首を傾げてこちらを見ていた。

「ええ、開いております。何か気になられたものはございましたか？」

蒼井くんの言葉に、お客さんは一度立ち止まってあたりを見回してから頷いた。

「あの、何か青いものでおススメってありますか？　できれば身に着けられるもので」

「何か青いもの……ひょっとして『サムシングブルー』を、お探しですか？」

蒼井くんが言葉を発した瞬間、一瞬の沈黙がその場に漂った。一拍おいた後、お客さんは勢いよく頷く。

「……ええ、ええ。その通りです。よく分かりましたね。ちょっと今週末までに欲しくて」

「完全にただの僕の予想だったので、外してたらどうしようってすごくヒヤヒヤしました」

「あら。大正解です」

お客さんが右手を口元に当てて上品に笑う。その薬指に、グレイッシュな宝石の指輪が光っていることに私は気づいた。その宝石が、やや黒くすすけていることにも。

「それでしたら、こちらへ」

お客さんをアクセサリーコーナーへ案内する蒼井くんについていきながら、私は足元にすり寄ってくるティレニアを抱き上げる。

『『サムシングブルーってなんだろう』って顔してますね、更紗」

抱き上げた瞬間、ティレニアがひそひそ声で話しかけてくる。うぐ、と言葉に詰まった私はためらいながらも素直に頷いた。

「『何か古いもの、新しいもの、借りたもの、青いもの、そして靴の中に六ペンス銀貨を』、ですね」

ティレニアが突然ぶつぶつ何かを口ずさみ始める。

「ティレニア、なんて言ったの？」

「マザーグースの詩です。そこからできたとも言われる、欧米で有名な言い伝えが、日本で言う『サムシング・フォー』。結婚式で花嫁が『なにか古いモノ』、『なにか新しいモノ』、『なにか借りたモノ』、『なにか青いモノ』――この四つを身に着けると、生涯幸せな結婚生活を送ることができるというものでして」

「へぇえ……なんだかロマンチック」

サムシング・フォーという言葉の響き自体、どこか特別な感じがする。

なにか青いモノ――サムシングブルーを探しにきたお客さん。彼女にも結婚式が控えているのだろうか。

じっと様子を窺っていると、お客さんにクリスタルのジュエリーストーンを使ったアクセサリーをいくつか見せていた蒼井くんが、私の方を振り返った。何やら店の奥のレジの方向を指さして、口をパクパクさせている。

「例の箱を、持って来てと言ってますね」

ぼそりとティレニアがすかさず通訳してくれる。私は慌てて頷き、レジの奥側に置いてあった『青の箱』を手にしてお客さんと蒼井くんのもとへ急いだ。

群青色の地に金色の唐草模様、箱にちりばめられているのは青い光を放つ宝石。

例の「箱」は、お客さんの『心の宝石』を見るためのこの箱で合っているはずだ。

ということは、やっぱり……。

私がお客さんの右手の薬指に嵌められている指輪をそっと眺めていると、「サンキュ」

と言いながら蒼井くんが私の手から箱を持って行った。

「あの……私、これにします」

お客さんの女性が、手に持ったブレスレットを蒼井くんに差し出す。小粒の、淡いブルーのクリスタルのジュエリーストーンが小粒にいくつかちりばめられた、華奢な銀色のブレスレットだ。さっき蒼井くんに見せてもらったブルーダイヤモンドに色合いが似ている。

「かしこまりました。お買い上げありがとうございます」

にっこりと笑みを浮かべて、蒼井くんがブレスレットとその代金を受け取る。そしてその笑顔のまま、私にそれを差し出した。

「会計、お願いします」と言いながら。

「悠斗も更紗使いが荒くなりましたね」

お疲れさまです、と言いながらティレニアがレジ打ちをする私の横で大きく口を開けて欠伸《あくび》をする。

「そもそも私アルバイト中だからね。むしろできること少なくてごめんって思う」

私はティレニアにひそひそと答えながら、クリスタルガラスがちりばめられたブレスレットをシックな黒い箱に入れて、白いリボンでラッピングした。このガラス雑貨店は普通にクリスタルガラスを使った商品もちゃんと販売しているだけあって、ラッピングも宝石店のそれのようにしっかりしている。

あくまでも宝石魔法師うんぬんは裏家業らしい。この現代社会で堂々と『宝石魔法師』とは名乗れないものね、と私は納得した。

「お待たせしました」

ラッピングした箱を淡い水色の小さい紙袋に入れ、お客さんのもとへ。私が呼びかけると、彼女はぱっと顔を上げてこちらを見た。

その手の中には、小ぶりな金色のアンティーク調の鍵。すでに蒼井くんはお客さんに箱を開けてもらって鍵を渡した後だったらしい。

鍵の持ち手の部分には一つ、人差し指の先ほどの宝石が光っている。だけどその宝石は、この前のパイロープガーネットのお客さんとは違ったものだった。

夜空を切り取ったような、こっくりとした濃密なディープブルーの石。そのブルーの中には金色の斑点が点々とあり、さながら夜空に散らばった星のよう。そんな石が、金色の鍵に嵌っていた。

この宝石、どこかで見覚えがあるような。

私はどこで見たのだっけと首をひねった。最近少しでも宝石に詳しくならねばと思って図鑑で勉強を始めたから、そのどこかのページで見たのかも。すぐ名前が出てこないのは情けない。精進あるのみだ。

「ありがとうございます。このお店、ラッピングも綺麗なんですね」

宝石の名前を思い出そうと内心首を傾げていた私は、にっこりとお客さんから微笑みかけられて、慌てて「ありがとうございます」と頭を下げる。

「あら、もう十六時半なのね。やっぱり先に行っておいて良かった」

お客さんは私から紙袋を受け取りながら、腕時計を見てぼそりと呟く。

「何かご予定が？　すみません、ラッピングに時間がかかってしまって」

できるだけ手際よくやったつもりだったけれど、ラッピングは久しぶりすぎて、ちょっと手間取ってしまったかもしれない。

私が慌てて尋ねると、お客さんは静かに首を振った。

「いいえ、全然待ってないわ。違うの、さっき行ってきた場所の話」

「あ、さっき行ってらした場所のお話だったんですね」

私がほっとして言うと、お客さんは深く頷いた。

「ええ。ちょっと東慶寺《とうけいじ》にお参りにね。あそこ、参拝時間がこの時期は十六時半までだから」

「『花の寺』ですね。綺麗でしたか？」

お客さんが私にしてくれた話に、蒼井くんも参加してくる。お客さんは「ええ」と返事をしながら品物の入った紙袋を持ち直し、手に持っていた例の金色の鍵をそっとその中へ入れた。

「では、ありがとうございました。綺麗なお土産までいただいてしまって……。素敵なお店ですね」

帰り支度を始めながらお客さんが言った言葉に、蒼井くんは天使のような笑顔を返す。彼は店の扉を開きながら深々とお辞儀をした。

「勿体ないお言葉、ありがとうございます。またのお越しをお待ちしております」と言いながら。

そうして蒼井くんにならい、私もお客さんを扉の向こうへ見送る。

それにしてもさっきのお客さん、ふわっとしていて、どこか儚《はかな》げで。

「綺麗な人だったなあ」

思わず呟きが口からこぼれ出る。

「ふむ、人間の『綺麗』の基準はあんな感じですか」

ティレニアの声が後ろの頭のあたりから聞こえてきて、私は頷く。だって本当に、綺麗な人だったから。

「ん？」

一拍遅れて違和感が襲ってきて、私はとっさに振り向いた。なぜそんな高い位置から黒猫の声が。

「え、ティレニア、いつの間にそっちの姿になったの!?」

　ティレニアがいつの間にやら男の人の姿になって私を見下ろしている。私はびっくりして後ずさった。美青年姿になったティレニアは、その綺麗な眉間に皺を寄せて私の方に屈み込む。

「なんです？　男の姿になった途端距離を置きますね。猫の時はあんなに距離が近くても平気なのに」

「ごめん、ちょっとびっくりして」

「ああ、だいぶショックですね……」

　それはそれは大きなため息をつきながら、ティレニアがぼやく。なんだかわざとらしいくらい大げさなため息だったけど、私が失礼をしたことには変わりない。

「うん、ごめんってば……」

「はい、二人ともそこまで。やること山積みだからな」

　声と共に、私とティレニアの間にすっと手が割って入る。手が伸ばされてきた方向に私とティレニアが揃って目を向けると、あきれ顔の蒼井くんが、左手に群青色の『青の箱』を持って立っていた。

「ティア、桐生さんにだる絡みすんな。それと、いつから下の名前を呼び捨てする仲になったんだ」

　下の名前を呼び捨て？　疑問に思いながら記憶を遡ってみて、私は「ああ」と手を打った。そういえば流していたけれど、ティレニアには今日初めてさらっと『更紗』呼びされていたのだった。

「うーん、確か今日が初めてですね」

ティレニアが顎に手を当てながら宙を見上げる。

ついでに言うとティレニアは蒼井くんより背が二センチくらい高い。蒼井くんも身長が高い方だから、ティレニアなんて一八十センチに近いんじゃないだろうか。

改めてこうして二人並ばれると、モデルが撮影現場で喋っているような光景になる。

「なんで」やや上を見上げながら喋る蒼井くんと。

「まあ、なんとなくですね」やれやれとでも言いたげな雰囲気で腰に手を当てながら話すティレニアと。

「あ、あの、やることがあるのでは……」

「そうだったわ」「そうでした」

恐る恐る声だけ割って入った私は、タイミングよろしく揃ってこちらに顔を向けてくる二人に思わずびくりとした。

「……そう、そのことなんだけど」

こほんと咳ばらいをしながら、蒼井くんが左手に持っていた『青の箱』を持ち上げる。

「一応鑑定はしてみるけど、これ、もうなんとなくどの宝石か分かるんだよな。多分、桐生さんにも」

「え、私にも？」

蒼井くんからご指名されてたじろぐ私に、言った張本人はにっこりと微笑んだ。なんだか笑顔がまぶしくて直視できない。

「そ。あともう一つ、気になることがあってさ」

「ああ、さっきの人の買い物と行き先のことですか？」

「さすがティア、察しが早い」

蒼井くんとティレニアが二人で納得したかのように深く頷き合っているけれど、私にはさっぱりなんのことか分からない。

「ちなみに桐生さん、あの人の宝石どこに見えた？」

「えっと、確か右手の薬指……」

呆けていたところに、さらなる質問。私が慌てて答えると、蒼井くんは満足げに「なるほど」と呟いた。

「ってことで、今度の仕事はちょっと出張版だ」

蒼井くんが人差し指で宙を指して頷きながら宣言する。私はただただ状況が呑み込めないまま、「出張って何が……？」と呟くことしかできなかった。

「出張って、これのこと」

「うん、ちょっとばかし遠出だろ？」

灰色の宝石のお客さんが店に来た、その翌日。昨日彼が口にした「出張」の意味を尋ねる私の横で、蒼井くんが得意げに胸をはる。そんな私たちの前に立つ門柱には、『東慶寺』と白い文字が彫られていた。

そう、私は授業終了後、蒼井くんに行き先も聞かされずに強制連行されて、鎌倉駅から北鎌倉駅へと電車に揺られ。なぜかすでに北鎌倉駅の改札を出た付近で待っていた黒猫姿のティレニアと合流して、あれよあれよという間にここまで来ていたのだった。

北鎌倉駅から徒歩四分、四季折々の花が咲く『花の寺』として有名な東慶寺。

昨日のお客さんが行ったと言っていた場所だ。

「まあ、遠出といえば遠出ですね。鎌倉駅から北鎌倉駅まで一駅しかありませんが」

「それ、遠出って言わないんじゃ」

私は足元にちょこんと前足を揃えて座っている黒猫の言葉に、小さな声で突っ込んだ。

「ま、それはともかく、店から出て仕事してるって意味での『出張』だよ。なんかワクワクするだろ？」

蒼井くんがニッと笑って「よし行こう」と軽やかに歩き出す。

東慶寺の名前が彫られた門柱から先は、百メートル走のゴールくらいの距離までまっすぐな石畳の道が続き、つきあたりには長い階段が見える。

私は蒼井くんとティレニアのあとに続きながら、スマホの検索画面を開いた。

東慶寺といえば、紫陽花《あじさい》、花菖蒲《はなしょうぶ》をはじめ四季折々の花が咲く花寺としても有名だけれど。このお寺には、もう一つの呼び名がある。

「『縁切り寺』……」

一二八五年に開山された東慶寺。恥ずかしながら私は、その別の呼び名が定着するに到る、歴史まではよく知らなかった。

「昔って、女の人の方から離婚ってできなかったんだ……？」

検索ページでお寺の歴史を読みながら、私は思わず呟く。

「封建時代だからな、この寺ができた時代は」

集中して画面上の文字を読んでいたら真横から声が聞こえてきて、私は顔を上げる。驚きに目を見開いた後で、自分がいつもの癖をまたやっていたことに気づいた。眉間に込めていた力みが、目を見開いた途端和らいだから。

いつの間にか蒼井くんは、画面を覗き込んで一緒に文面を読んでいたらしい。私はびっくりして後ずさった。

「ま、そんな時代、この寺で『出入三年二十四ヶ月』寺勤めをすれば、許可が貰えなくても離縁できるっつー制度ができてな。いわゆる『駆け込み寺』――『縁切り寺』って呼ばれるようになったわけ」

つまり、困った女性たちの救済場所というわけだ。蒼井くんの説明になるほどと頷いている私の前で、「それにしても」と言いながら蒼井くんが姿勢を正し、目の前の風景に視線を遣る。

「下から見ると、結構迫力あるな……この階段」

目の前にそびえ立つ石段を、蒼井くんが目を細めて見上げながら言う。

確かに、近くから見上げるとなかなかの迫力だ。四十段ほどある石段が上まで続き、そのてっぺんにはささやかな茅葺《かやぶき》屋根の山門が鎮座している。

石段の両脇には瑞々しい新緑の木々や植物が植わっていて、階段を上り下りしながら自然が楽しめるようになっていた。

確かこの石段の両脇は、梅雨の時期になると紫陽花で有名だ。

石段の両側に零《こぼ》れんばかりに咲きほこる紫陽花の花は、まだ季節じゃないから見られないけれど。でも、この時期のまぶしい新緑に囲まれた石階段と山門も趣がある。

「校外学習のしおりもあるし、準備は万端だな」

階段を上り切り、拝観料を支払い終わって境内に足を踏み入れたところで、蒼井くんが謎の発言をかます。

「なんで校外学習のしおり？」

「見つかった時の言い訳用でしょうね」

疑問符を飛ばす私の横で、ティレニアがやれやれと黒猫姿のまま首を振った。

「見つかった時って、何に？」

「ま、そのうち分かる分かる」

蒼井くんが爽やかに笑って歩き出す。答えになってないんですけど、という言葉を呑み込み、私はティレニアと一緒に蒼井くんのあとに従った。

山門をくぐってすぐの参道の両脇には、梅の木が。そして左手には茅葺屋根の鐘楼が、右手には書院が見える。新緑に彩られた境内は平日の昼間ということもあってかひっそりとしていて、心をひきつける静けさがあった。

「一月二月には梅が、三月四月には桜、緋桃《ひもも》、ハクモクレン、十二単……」

ぶつぶつと何かを言いながら、蒼井くんが目を細めてぐるりとあたりを見回した。石畳の道を踏みしめて、彼は何かを考え込んでいる。

「花の話？」

私が聞くと、彼は顎に手を当てたまま真剣に頷いた。

「そう。東慶寺には色んな花が咲く。特に人気のあるイワガラミ、イワタバコ、紫陽花、花菖蒲が咲くのは六月だから、来月あたりが一番参拝客が多いんだってさ」

なるほど。そこまで聞いて、私は「あれ？」と首をひねり、疑問を口にした。

「五月は？」

今は五月の中旬。今聞いた中には、五月に見頃の花の情報がなかった。

「そう、そこなんだよ。四月から咲いてるシャガはもう終わりかけだし、イワタバコも五月下旬くらいから咲き始めるから、時期的にはまだ早い」

「ってことは、昨日のお客さんがここに参拝に来たのって」

『花の寺』としての面が目的ではなさそう、ということだ。

私が言いかけた言葉に、「理解が早くて助かるよ」と言いながら蒼井くんがカバンから黒い箱を取り出す。

蒼井くんが箱を開けると、そこに光っているのはわずかに青みを帯びたグレイッシュな宝石だった。雨上がりの葉の上に残った、くるんと丸まった雫のような形——カボションカットの、つやっとした宝石だ。太陽の光を反射して、表面に青い光がゆらゆらと揺れ動いている。

灰色の地の宝石に、揺れ動くオーロラのような青の光。こんな感じで宝石の表面に白や青の月光のような光が出現することを、「シラー効果」というのだと、私は昨日お客さんが帰った後に蒼井くんに教えてもらった。

しかもこの宝石は時折、光が与えられる場所によって虹色に光ることもある。それは、限られた宝石にしか出現しない特別な効果らしい。

その効果の名前は、「ラブラドレッセンス」。そしてその効果が現れるのは、ラブラドライトという宝石だけ。

私が倉庫で見たことのある宝石の中にもあった石だった。

「昨日のお客さんの宝石はこのラブラドライトだろ。それに、自分のためでもないサムシングブルー探しに、花が目当てじゃない東慶寺への参拝ときた。大体予想はつくかな」

「まあ、そうですね」

蒼井くんの言葉にティレニアが頷いた。置いてけぼりにされた私は首をひねるしかない。

「察しが悪くて申し訳ないんだけど、自分のためでもないサムシングブルーってどういうこと？」

てっきりあの女の人は自分の結婚式のために「花嫁の幸せのアイテム」を探しに来たのだと思っていたのだけれど、違うのだろうか。私が聞くと、ティレニアが頷いて教えてくれる。

「昨日の人、結局ブレスレット買ったでしょう？」

「うん」

淡いブルーのクリスタルガラスがちりばめられた華奢なブレスレット。昨日のお客さんが手に取ったものを思い出しながら、私は頷く。その隣で蒼井くんが宝石の入った箱をカバンに戻し、口を開いた。

「そ。花嫁は大体が結婚式では白いグローブをつける。ブレスレットはつけないのさ。グローブなしだとしても、この前買ったブレスレットは花嫁がつけるものにしては華奢すぎる。まあ、あくまでも憶測だけど」

「そ、そうなんだ」

さらさらと流れるように説明されて、私は目を白黒させて頷いた。

「二人とも詳しいね」

「宝石とか装飾関連の知識は、叔父に叩き込まれたからな。ティアは長生きだしなあ」

蒼井くんがなぜだか眉をひそめ、ついでに肩をすくめる。

「叔父」ってどういう人なんだろう。気のせいかもしれないけど、蒼井くんは叔父さんのことを口にするたび、少しだけ眉をひそめるのだ。

もしかしたら、怖い人なのかな？

「……あら？」

しばらく歩いていたところで、不意に声が聞こえてきて、私たちは立ち止まった。声がしてきたのは、本堂へと続く右側の小道からだ。

「この前のお店の店員さん、ですよね」

ふわりとカールした軽めのボブカット。白いブラウスに紺色のスカートをなびかせて、なんと昨日のお客さんがこちらに歩いてきた。

その右手の薬指には、ラブラドライトの指輪が嵌まっていて。まだその宝石の色は、くすんだままだった。

「あ、昨日の。こんにちは」

「えっ、あの、こんにちは……！」

隣でにこやかにさらっと挨拶する蒼井くんに続いて、私は慌てて頭を下げる。私たちの様子を見て、昨日のお客さんは首を傾げながら呟いた。

「若い店員さんだなって思ってたけど……高校生だったのね。二人とも大人っぽいから大学生くらいかなって思ってた」

「そうなんです、あそこは身内の店なので僕らが手伝ってて。昨日はありがとうございました」

笑顔を崩さず、てらいもなく答える蒼井くん。女性は「そうなの、偉いわね」と答え、ふと訝しげな視線を私たちに向けた。

「それにしても、どうしてここへ？」

そう質問され、完全に怪しまれているのが視線の感じで分かる。

ど、どうするんだろうこれ。確かに昨日の今日でまた会うなんて偶然、怪しまれて当然かもしれない。ここ、昨日お客さんが行ったたって言っていた場所だし。

「僕たち、来月校外学習があるんですよ。それで回る地点候補を絞らなきゃいけないので、学校終わりにここへ下見に。お客様から昨日東慶寺ってワードを聞いて、そういえばここも良いかもなあって思ったので」

そう言いながら蒼井くんがカバンの中からさっと取り出したのは、先ほど目にした校外学習のしおり。途端に、お客さんの目から警戒の色が消えた。

な、なるほど……。「見つかった時の言い訳用」ってこれか。

「それにしても」

先ほどのお客さんの疑問文を繰り返しながら、今度は蒼井くんが無邪気に首を傾げた。

「お客様は、どうして今日もここへ？」

「……！」

高校生男子からの何気ない質問、のはずなのだけれど。お客さんはなぜだか、目に見えてたじろいだ。

彼女は視線をしばらく宙にさまよわせてから、意を決したようにため息交じりに口を開く。

「まあ、そうよね。傍から見たらおかしいわよね、社会人が二日間も連続で平日にお寺へお参りなんて……でも、なんだか居ても立っても居られなくて」

最後の方は呟くような声で、彼女は自嘲気味にそう言った。別にどこもおかしくなんてないと思うのだけれど、本人には何か思うところがあるらしく、やや早い話し方で。その声に蒼井くんが「おかしくないですよ」と小さく声をかけ、言葉を続ける。

「……ここ、別名は『縁切り寺』ですよね。縁切寺法が明治に廃止されてからは、古い縁や過去の思いを断ち切ることで良縁を結ぶパワースポットとして有名だと聞きました。僕も前、そのために来ようと思ったことが何度もありますから」

蒼井くんも？　私とティレニアは黙って顔を見合わせる。

「あなたも？」

何か思うことがあったらしく、蒼井くんの言葉にお客さんが食い気味に反応する。

「はい。お恥ずかしい話ですが」

「……そうなのね」

困ったように笑いながら肯定する蒼井くんに、お客さんがしみじみと言う。それと同時に、何かが砕けるようなパキンという音が、微かにその場に響いた。

「なんの音かしら。私のカバンから？」

お客さんが首をひねりながらハンドバッグを探る。ややあって彼女は「ああ、嘘でしょ……」と言いながら肩を落とした。

「あの、どうしたんですか？」

あまりにも見事にがっくりと肩を落とす女性へ、私は慌てて声をかける。彼女はため息をつきながら、私の目の前にすっと右手を差し出してきた。

その手のひらの上には、昨日蒼井くんが渡した金色の鍵が光っていた。鍵の持ち手に嵌まっている、夜空の色のような青色の宝石がひび割れた状態で。

その宝石を見て、私はぱっとお客さんの右手の薬指を見る。指輪はまだ、そこにあった。

「これ、昨日貰ったときからすごく気に入ってたのに……。私、カバンの中にモノを色々詰め込んでるから、それで壊れちゃったのかも」

しょんぼりと女性がうなだれる。その落ち込みように、私が思わず「あなたのせいじゃないですよ」と言いたくなるくらい。

だってこの宝石が、ひび割れたということは。

「もしよかったら、うちで直しましょうか？」

蒼井くんが私とお客さんの方に屈み込みながら、にこやかに手を差し出す。

「え……ほ、本当に？」

人を安心させるようなその穏やかな微笑みに、お客さんの女性がぽかんと口を開けながら問い返した。

「もちろんですよ。そもそも僕たちが差し上げたものですし、渡した時から不具合があったのかもしれません。だとしたら申し訳ないです」

あったのかもというか、そういうものだというか。深々と頭を下げる蒼井くんに、お客さんが慌てて手を振って否定の意を示す。

「い、いえいえ不具合なんて……！　昨日貰った時は綺麗な状態だったもの。私が壊したんだろうけど……でも、できることなら直していただきたい、です」

「ええ、直しましょう。本日中にできますが、いかがいたしますか？」

蒼井くんの言葉に、お客さんの女性は目を輝かせた。

「え、今日できるんですか!?　でしたらこの後、伺ってもいいですか」

「お時間が大丈夫でしたら、ぜひ」

「大丈夫です。今日は会社の有休を取っているので」

すっかりかしこまって敬語になってしまったお客さんを、「では行きましょうか」と蒼井くんが促す。お客さんは頷き、二人はお寺の入り口の方へ歩き出した。

慌てて私が二人を追いかけていると、ふと蒼井くんが顔だけこちらに向けてウインクを寄越してくる。さすがイケメン、ウインクが様になっている……とかそんなことを考えている場合ではなく。

「いや、なんのウインクなのあれ」

「料理のネタを考えろと」

私の呟きに対して、足元の黒猫から即座に反応が返ってくる。

「ティレニア、よく分かったね今ので」

「ずっと一緒にいますから、だいたい分かります。それより更紗、要らない紙か何かに欲しいものを書いてください。買って先に準備しておきます」

招き猫よろしく、ちょいちょいと催促をしてくる黒猫。私は歩きつつ、懸命に頭をひねる。

何か考えろって言われても。お客さんにすぐ出せるような、ちゃちゃっと作れて美味しいモノ……。確か、冷蔵庫には牛乳とか卵とかバターとかはあったはず。

「よし、あれにしよう」

時間があんまりない。私は即座に決断して、カバンからルーズリーフを一枚取り出して『薄力粉、ベーキングパウダー』と書き込み、ティレニアにそっと渡す。

「承知致しました。準備しておきます」

心得たと言わんばかりに頷いて紙を口にくわえる黒猫。こそこそとそちらに屈み込みながら、私は疑問を口にした。

「でもどうやって買いに行くの？」

「僕を誰だと思っているのですか。今も人に見えておりませんし、人の姿にだってなれるんですよ。買い物だってお茶の子さいさいです」

「そうでした……」

ほんとになんでもありだな。ふふんと得意げな顔をしたティレニアが、「じゃ、行ってきます」と駆けだしていく。私が立ち尽くしている間に、その後ろ姿はみるみるうちに遠ざかっていった。

「桐生さん、行くよ」

「う、うん！」

山門のところで蒼井くんが手を振っている。私は慌てて、山門の向こう側へ消えていくお客さんと蒼井くんのあとを追いかけた。

硝子館までやってくると蒼井くんはお客さんを応接室へ連れていき、私はその隣室のキッチンへと直行した。

「お帰りなさい。色々買って準備しておきましたよ」

先客が人間の青年姿で振り返り、大理石でできたキッチン台に並べた食材を指し示す。

「ティレニア！　ありがとう」

私は思わず歓声を上げる。台にはさっき私が頼んだ薄力粉にベーキングパウダーに加えてバターや卵、牛乳、バニラオイルなどがずらりと並んでいたからだ。まさに、私が使うつもりだった食材たちが勢ぞろいしている。

「すごい、なんで要るもの分かったの？」

「短時間で作らないといけませんし、頼まれたものからしてパンケーキあたりかなと」

「大当たりだ……」

私が呆然としながら言うと、ティレニアは「ええ、有能でしょう？」と胸を張った。頷きつつ、私は後ろの棚ではちみつを物色する。

「あ、これいいかも」

オレンジのはちみつの瓶を見つけ、私は蓋を開けた。果実を思わせる爽やかないい香りがふんわりと漂う。うん、きっとこれならパンケーキにも合いそう。

「ティレニア、バターを電子レンジで溶かしてもらってもいい？」

「お安い御用です」

ティレニアが満面の笑みで私の背中をぽんと叩く。意外とその力は強く、「いて」と声を上げながら私は顔を上げ、その場に硬直した。いつからそこにいたのか、入り口に蒼井くんが立っている。

「俺もなんか手伝うことある？」

「人手は足りてますよ。悠斗はあの綺麗なお姉さまのお相手を」

蒼井くんからの申し出に、私の後ろでティレニアがひらひらと手を振って否定の意を示す。

「ティアには聞いてない」

素っ気ない返事が蒼井くんの口から飛び出す。ティレニアは大きなため息をつき、私の肩をつついた。

「左様でございますか。……だ、そうですよお嬢さん、どういたしますか？」

決定権、私にあるんかい。話を振られて私は困惑しつつ、真剣に考え込む。

正直急ぐから人手はもう一人いればありがたいけれど、三人で作業する必要はないし、お客さんを放っておくわけにはいかない。

さっきお客さんの警戒心を解いたのは蒼井くんだし、突然謎のイケメン（青年姿のティレニア）と二人にされてもお客さんも困惑するだろうし。うん、ここは。

「うん、ティレニアと同意見。蒼井くんが接客に回った方がベストかも」

私の言葉の後に、漂う沈黙。しばらくして割って入ってきたのは、くつくつという忍び笑いだった。

「ティア、笑うな。……分かった、行ってくる」

蒼井くんは踵を返し、こちらを一度だけ振り返ってから扉の向こうに消える。私が安堵のため息をついて振り返っても、ティレニアはまだ肩を震わせて笑っていた。

「なんでそんなに笑ってるの」

とにかく早く作らないと。薄力粉とベーキングパウダー、塩を合わせてふるいにかけはじめながら、私は笑いが収まらない様子のティレニアに尋ねる。

「いや……人間は面白いなと思いまして」

まだ笑いの余韻を残したまま、ティレニアが電子レンジで溶かしたバターを取り出した。

何か私、変なことでも言っただろうか。

それはともかく、と私は彼に向かってはちみつと牛乳、それから卵とバニラオイルを差し出す。

「そのバター、これ一式と混ぜてもらってもいい？」

「もちろんです」

そこから黙々と私たちは作業を進めた。私がふるいにかけていたものを、ティレニアが混ぜてくれた牛乳たちとさっくり混ぜ合わせ、熱したホットプレートで小分けにして焼く。

「……あの、少し聞いてもいいですか？」

ホットプレートで生地を焼いている私の横で、ふとティレニアが口を開く。彼が淹れようとしているのはアールグレイ。ベルガモットでつけられた柑橘系のいい香りがすでに漂っている。

「うん、なあに？」

「こう、言葉にしにくいのですが……なにをそんなに怖がっていらっしゃるのかと」

なにを、そんなに怖がっているのか。その問いかけに私の手は一瞬止まる。

「あ、そろそろ食べごろかも」

我に返って、焼けたパンケーキを皿に盛りつける私に、ティレニアがさらに追い打ちをかけるように「あの」と言い出した。

「あのお客様のことを『綺麗』だと仰っていましたが、更紗も綺麗ですよ」

「突然どうしたの、なんか変なものでも食べた？」

ティレニアの唐突な言葉に私は苦笑しつつ、二枚目のパンケーキに取り掛かる。焼き色がついたふわふわのパンケーキ。美味しいモノを、お客さんには食べてもらいたい。

「冗談ではないのですが」

「……そっか。お世辞でもありがたく受け取っておくね」

私はパンケーキを焼き続ける。きっと、ちゃんとさり気なく笑えているはずだ。大丈夫、ずっとずっと努力してきたのだから。そう言い聞かせながら私は作業に集中する。

一度たりとも、忘れたことはない。――例えば、あの可憐なお客さんが「花のよう」なら、私は「虫みたい」なのだから。

行き場のない気持ちを抱えつつも集中するうち、あっという間に一人分のパンケーキの皿ができあがった。

「あ、今回の軽食はとりあえずお客様分だけで。僕たちはあとでゆっくり食べましょう」

ウインクするティレニアを前に、私は首を傾げる。

「お客様のタイプによって対応の仕方は変わります。この前のパイロープガーネットのお客さんは、誰か同席する人が食べ始めてから、やっと自分の分にも手を付けるタイプでしたが、今回のお客様はまた違う。彼女は自分のペースでやりたい人と思われますので」

なるほど。私はティレニアの言い分に頷いて、一人分のパンケーキの盛り付けを完成させた。マスカルポーネチーズに、この前作ったばかりのはちみつとイチゴのコンフィチュールを添えて。

そして、お好みでかけてもらうためのオレンジのはちみつを小さなガラスの瓶に入れ、一式をトレイに載せて隣室へ向かう。

「……そう、あなたもなのね」

「ええ。僕にも忘れたくても忘れられない人は、いますから。いっそのこと最初から出会わなかったみたいに、縁が切れてしまった方が、お互い幸せになれるんじゃないかって思う人が」

なんの話だ？　軽く開かれた応接室の扉の隙間からお客さんと蒼井くんの声が聞こえてきて、私はぴたりと足を止める。

「そうでした、入る前にこれを」

「？　何、これ」

「先ほど、悠斗から預かりまして」

ティレニアから渡されたのは、小さい黒色のビロードの袋だった。少し傾けると、ひび割れた夜空色の宝石と、くすんだ色のラブラドライトが転がり出る。

「これ……」

「あのお客様の心の宝石の写身と、今回の護り石です。先ほどの」

持っていてくださいと言われたきり、それ以上の説明はなく、ティレニアは私に部屋の中に入るよう促した。

私はそっと宝石を手の中に包み込み、応接室へと足を踏み入れる。

シックなワインレッドのカーペットに、アンティーク調の家具で統一された応接室。その真ん中のテーブルで、お客さんと蒼井くんは向かい合っていた。

テーブルの上には、黒いビロードの箱に入ったラブラドライトと、あの夜空色の宝石が嵌った新しい金色の鍵がある。確かに今私の手の中にあるくすんだラブラドライトと、テーブルの上の宝石は色が違っている。

「どうぞ、お召し上がりください。当店のサービスです」

蒼井くんが立ち上がり、配膳を手伝ってくれる。ティーカップにティレニアが紅茶を注ぐと、お客さんは深く息を吸い込み、ふわっと微笑んだ。

「ありがとう、美味しそうな匂い」

そして早速彼女はパンケーキを一口分、はちみつとイチゴのコンフィチュールを載せて口へ運ぶ。

「すごく美味しい……イチゴのほんのりした甘さに合うパンケーキね。しかもふわふわ……」

「あ、ありがとうございます」

お客さんの言葉に、私は思わず顔を赤くして頭を下げる。彼女は満足そうな顔で紅茶を飲み、座っている蒼井くんと、その後ろに立って控える私とティレニアを順に見た。

「このお店、すごいのね。この男の子は探偵さんみたいだし、スイーツは美味しいし」

「光栄すぎるお言葉、ありがとうございます。ですが僕は探偵ではないですよ」

蒼井くんが笑顔でやんわりと発した言葉に、女性は「いいえ」と頭《かぶり》を振った。

「だって本当にすごいんですもの、まさか私があのお寺に行ってた理由を言い当てられるなんて。私に右手の薬指を触る癖があるのも、言われるまで気づかなかった」

右手の薬指。ラブラドライトの指輪が、見えている場所だ。

「右手の薬指、ですか？」

ティレニアが静かに問いかけると、女性はこくんと頷いて自嘲気味に笑みを浮かべた。

「……そう。私が恋人だと思っていた人から貰った指輪を、つけていた場所。もう指輪は外しちゃったけど、癖が残ってたみたいね」

恋人だと「思っていた」？　その言葉を聞くと同時に、私の頭の中にこの女性が買った綺麗なブルーのクリスタルガラスがちりばめられたブレスレットがよぎる。

「さっきこの男の子に教えてもらったの、ラブラドライトの石言葉。――『思慕』だなんて、本当に私にぴったりだなって思った。全然、吹っ切れてない私にね」

思慕。思い慕うこと、恋い慕うこと。

でもそれは、「寂しさ」の伴う思いだ。

「私ね」

綺麗な女性のお客様は、その大きな瞳をまっすぐに私へ向けてにっこりと微笑んだ。

「ここに来るまで、友人の結婚式のプレゼントを買うつもりだったの」と言いながら。

「今となっては笑っちゃうくらい、私がバカだったお話なんだけどね……」

そう前置きして、女性は話し出した。

「今週末に、私の友達の結婚式があるの。大学時代に同じサークルだった子で、相手の彼もサークルの仲間だった。『大学時代から密かに付き合ってた長年のカップル』としてゴールイン、ってことになってるんだけど……皮肉よね、その友人が結婚する相手の『彼』って、私が大学時代から付き合っていた人だったのよ」

「え……」

笑っちゃうでしょう、と言いながら、くしゃっと女性が顔を歪ませる。

笑えない。全然、笑えない。私は顔をこわばらせながら、ゆっくりと首を横に振った。

「私の友達と、その『彼』が付き合ってて、結婚までするって知ったのは数か月前。私が彼に一方的に別れを告げられて、すぐのことだった。その時やっと知ったの。私は彼の本命じゃなかったってことをね。しかも、結婚するだなんて。サークル関係者全員呼ばれてるし、自分だけ行かない訳にもいかないし、なんていうか……どん底の気分って、こんな感じなのかって思った」

つまり、彼氏が二股していた上に、最終的にもう一人の彼女と結婚するってこと？　しかも関係者全員、同じサークル内同士で？

「とんだサークルクラッシャーの男がいたもんですね……」

「でしょう？」

引き気味にコメントしたティレニアの言葉に、女性が真剣な顔で頷いた。

「それ、その結婚するご友人は」

「彼女はそのこと、全く知らないわ。だからあの子に罪はないの。複雑だけどね……」

私が恐る恐る尋ねた質問に、女性が即答する。

「まあ、冷静になってみれば、もっと前に変だと気づくべきだったのよ。彼は『バレて、からかわれるのが苦手だから、みんなには秘密にしてほしい』なんて言うし、昼間の街で会って手を繋ぐデートもしなかった。でも、私はあえてそれを見ないふりしてごまかしてきた。恋は盲目って本当ね」

　怒涛《どとう》のように言葉を吐き出してから、彼女はパンケーキを口に入れ、紅茶をごくごくと飲んだ。

「……それくらい、その人のことがお好きだったんですね」

　蒼井くんの言葉に、女性は無言でパンケーキを口に運ぶ。カチャカチャと食器がこすれる音だけが響く中。

「しかも僕からすると、お人好《ひとよ》しすぎます。その彼女への結婚のプレゼントに、幸せを願うサムシングブルーのアクセサリーを選びに来て、東慶寺に『彼』との縁切りのお参りまで。どうしてあなたが、そこまで追い詰められなくてはいけないんですか？」

　蒼井くんの言葉に、カチャンと音を立てて女性がナイフとフォークを置く。彼女はキッと蒼井くんの顔をまっすぐに見上げた。

「お人好しなんかじゃないの。私は罪悪感で居ても立ってもいられなかっただけ。昨日お参りに行ったとき、私が願ったのは……『あの二人の縁が切れますように』だった。うまくいかなくなればいいと、思った」

　昨日のくすんだ色のラブラドライトを、私は思い出す。そうか、あのとき、この人は。

「ではなぜ……サムシングブルーを」

「あれは初め、私の罪滅ぼしのつもりだったの」

最悪でしょう、と言いながら彼女は下を向いた。彼女の空になったティーカップに蒼井くんが紅茶を注ぎ、そっと彼女に話しかける。

「でも、やめたんですね。その願いは」

「え？」

「だから、今日また東慶寺へいらしたのかと」

蒼井くんが重ねる言葉に、女性は目を丸くする。紅茶を一口飲んだ後、一拍おいて彼女はふふふと笑い出した。

「君って、本当に不思議な子ね」

それと同時に、私の手の中で夜空色の石がピシリと小さな音を響かせ、真っ二つに割れた。

――これは、このお客さんの護り石。今回蒼井くんが処方した、宝石だ。

割れてしまった夜空色の宝石と、虹色を宿した灰色の宝石をそっと袋の中に戻し、私はお客さんの右手の薬指を見る。

さっきまで私に見えていたくすんだラブラドライトの指輪は、すっかりその姿をそこから消していた。

「……指輪、消えましたか？」

隣からティレニアのひそひそ声がして、私はゆっくりと頷く。そんな私を見て、ティレニアは蒼井くんの肩を叩き、何かを彼に囁いた。

囁かれた蒼井くんが、黒いビロードの上のラブラドライトをちらりと見やる。綺麗なグレーの地に、北極の夜空にかかるオーロラのような青い光をうつろわせて、その宝石はそこに光っていた。

「色で分かっておりましたので。手遅れになる前で、本当によかった」

「色？」

不思議そうに問いかけるお客さんの前で宝石の表面をすっと撫で、蒼井くんは「いいえ、なんでもありません」と意味ありげに笑った。

「ふうん。よくわからないけど、その通りよ。ちょっとね、ここに来て思い直したの」

そう言葉を切って、女性は私をちらりと見やる。そして私に向かってまたも笑顔を見せた。

「ここに来て、ですか」

「そう。あの人、私の好きな食べ物も嫌いな食べ物も、最後まで覚えようともしなかったなあって。それって私が求めてる『好き』じゃ、なかったなって。だんだん、そう思っているうちに、落ち着いてきたの」

蒼井くんの質問に答え、彼女はパンケーキの最後の一切れを口にする。添えたはちみつとイチゴのコンフィチュールも、マスカルポーネチーズも、オレンジのはちみつも全部使い切ってくれたようだ。お気に召したようで、私は内心ほっと胸をなでおろす。

「好きって、何か美味しいものがあったら一緒に食べたいなとか、綺麗な景色をみたら今度一緒に来たいなとか、そう相手に少しでも思ってもらえる、自分もそう思える、ささやかな幸せでいいの。それでいいから、私はそう誰かに思ってほしかったんだなって……思ったのよ」

だから、もういいの。彼女はそう言って笑った。

「だからもう一度、『縁切り寺』へお参りしに行ったの。昨日の願いはやっぱりやめる。あんな男とはすっぱり縁が切れて、今度は良縁に恵まれますようにってね」

古い縁や過去の思いを断ち切ることで良縁を結ぶパワースポットとして有名な、東慶寺。そこへ彼女は願ったのだという。

「そうでしたか。ではこの直したチャームについている宝石は、ますますあなたにぴったりかと」

す、と金色の鍵が載った黒いビロードの箱を、蒼井くんがお客さんの目の前へ静かにスライドさせる。

「宝石……そういえばこれって、なんて名前なのかしら?」

「ラピスラズリと言います。五千年以上前から珍重されて、古代エジプトでは王族の装飾品によく使われたことで有名ですね」

星が瞬く夜空を切り取ったような、深く鮮やかな青。どこまでも濃密な、パッキリとしたディープブルーの石だ。細かな金箔《きんぱく》のような模様がところどころに散らばっている。

「石言葉は、『克服』、『成功の保証』、『幸運』です。ひび割れていたものから新しいものに付け替えましたので、どうぞこれを」

「……そんな素敵な意味があったのね。ふふ、克服に、幸運か」

ありがとう、と呟くような声で言ったお客さんは、蒼井くんにエスコートされて席を立つ。

そして店の入り口へ見送りに行く途中。ふと、蒼井くんが思い出したようにお客さんに聞いた。

「そういえば、最後に一つお伺いしてもいいですか？」

蒼井くんの切り出しに、お客さんが首を傾げて立ち止まる。

「なぜ、最初この店に来た時、最終的にブレスレットを買ったんですか？」

「……あら、それは分からないのね、君」

悪戯っぽく笑って、お客さんがくるりとこちらを振り返る。お客さんと蒼井くんの後ろからついていく形になっていた私とティレニアは、その場で立ち止まった。

「そうね、ちょっとしたきっかけで、私も幸せになりたくなったからかなあ」

「きっかけ……ですか？」

「そう。きっかけ」

私の問いかけに、笑顔のままきっぱりと答えるお客さん。それ以上は言わず、彼女は扉へと歩いていく。ありがとうございました、と蒼井くんがいつも通り扉を開き、私も頭を下げようとしたとき。

ぐい、と何かに手を引かれ、私はあっという間に扉の外へ出ていた。自分の後ろで重厚な店の扉が閉まっていく。

「あの……」

目の前にはまぶしい笑顔の、可憐なお客さん。状況を理解できない私は彼女に手を引かれたまま、その場に硬直した。

「さっきのきっかけの話ね、あなたのことなの」

「え、私ですか？」

「そう、あなた」

私の疑問に、彼女はしっかりと手を握りながら微笑む。本当にかわいらしい人で、特に良く笑うようになってからは同性の私でも見とれてしまう。

「昨日お店に来たときね、あなたたちの会話が聞こえたの」

「会話？」

私は頑張って記憶を掘り起こす。昨日はティレニアも猫の姿だったし、あなたたち、という言葉を使うからにはきっと相手は蒼井くんだ。

何か変わったことなんて言ってたっけ。

「――『綺麗なもの見せたら、喜ぶかなって思ったから』。あの男の子、あなたにそう言ってたでしょ。なんだか羨ましくなっちゃった。……その時、私なにしてるんだろうって思ったのよね」

仏様に恨み言しか言えなくて、そのくせ罪悪感にかられて本心でもない買い物をしようとして。私が求めてるのはこれじゃないって思ったの、と女性は続けた。私は言葉を継げず、彼女に手を握られたままその場で固まる。

「私も、私だって、素敵な相手を探して幸せになって、見返してやるんだからって思えたの。だから、自分へのエールのつもりであの綺麗なブレスレットを買ったのよ。罪滅ぼしの、友人へのプレゼントじゃなくってね」

羨ましいと、思った？　この綺麗な女性が、私を？　混乱する私の手を、お客さんが「じゃあ、本当にありがとう」と言いながら放す。私は思わず、彼女に向けて「あの」と口を開いていた。

「私も羨ましかったです。あの……本当に、お客様がすごく綺麗で。私もこんな素敵な女性になれたらいいのになぁって、思いました」

何を言っているんだろうと思った。唐突な自分の言葉に、血がかあっと顔に集まっていくのが分かる。そんな私の前で、お客さんは目を見開いたのちに、柔らかく微笑んでくれた。

「……ありがとう。すっごく嬉しいわ」

そして私の肩をぽんと軽く叩いて、彼女は歩き出す。角を曲がり、姿が見えなくなるまで、私はその背中を見送った。

「で、なんの話だったんですか？」

唐突に後ろで聞こえたハスキーボイスに、私はぱっと振り返る。私を見下ろすティレニアと、その後ろからこちらを覗き込んでいる蒼井くんの姿がそこにあった。

「ひょっとして今の話、聞こえてた？」

話の内容を思い出して、思わず再び顔が熱くなった。冷静になってみれば、なかなか恥ずかしい話をしていた気がする。

「いえ、全く。で、なんの話だったんです？」

興味津々に目を輝かせながら、ティレニアがずいと身を乗り出してくる。

ティレニアの整った顔が自分の目の前まで来て、私は硬直する。その次の瞬間、ティレニアは「うお」と微かな驚き声を上げて後ずさった。

「ティア、詮索しすぎ」

どうやら蒼井くんが後ろからティレニアのYシャツの襟部分を引っ張ったらしい。蒼井くんはその襟部分を持ったまま、淡々と言葉を続ける。

「『お客様に入れ込まない』、それが宝石魔法師の鉄則だろ。わざわざ外にまで出てってことは、桐生さんにだけ話したかったってことだし。いいよ桐生さん、無理に話さなくても。別にあんたを傷つけるような内容じゃないだろ？」

「うん、それはもちろん」

私が必死に頷くと、「それならよかった」と言いながら蒼井くんが店の扉を開いた。私たちはぞろぞろと店の中に戻る。

「まあともかく、間に合ったみたいでよかったですね」

頭の後ろで手を組みながら、ティレニアが微笑んだ。

「間に合うって何が？」

「桐生さん、『人を呪わば穴二つ』って言葉、知ってる？」

私がした質問に答えたのは蒼井くんだった。

人を呪わば穴二つ。知っているけれど、それがどうしたのだろうか。

「ええと、人のことを呪ったら自分にも返ってくる、みたいな」

答えながら自分に呆れる。そういえば言葉自体は知っているけれど、その意味をきちんと理解しているかと言われれば怪しい。

「うん、大体あってる。他者を陥れようとしたり、他の人の身に不幸が訪れることを願ったりすれば自分にその報いがあるって意味のことわざだ」

なんでも、蒼井くんの説明によればその由来は陰陽師《おんみょうじ》らしい。人を呪殺しようとするとき、呪い返しに遭うことを覚悟し、墓穴を自分の分も含め二つ用意させたことによるとか。

なかなか背筋が薄ら寒くなることわざだった。

「人の願いは強い。しかもあの人の場合、縁切り寺に行っただろ。平日に休みまで取って」

蒼井くんの言葉に私は頷く。確かに、有休を取ったって言ってたし。元想い人と友人の結婚式が今週末という間近に迫ってきて、彼らへの苦い思いと、嫌なことを願ってしまった自分自身への罪悪感の板挟みに苦しんで——そんなの私だって、何も手につかなくなってしまうだろう。

だってあまりに、ひどすぎる。そんな仕打ちをされた上に、結婚式にまで呼ばれて。でも、誰にも言えなくて。心の行き場が、どこにもなくなってしまう。

「神や仏のご利益は侮ったら駄目だ。特に、縁切りの場として歴史があるところは尚更な」

「しかも、願ったのが相手の不幸っていうのが問題ですね。間に合って本当によかった」

ティレニアが大きなため息をつき、蒼井くんに同意する。

仕方ないのではないだろうか、と言いたくなってしまう。信じていた人、好きだった人の裏切り。しかも相手は自分を踏み台にして、切り捨てて、幸福になろうとしているわけで。少しでも恨まないでいられる方が不思議だと思った。

「でも、それは……」

「明らかに相手の男が悪いのに、報いが足りないって？」

心を読まれたかのような蒼井くんの発言に、私はびっくりして顔を上げる。

自分の汚い部分が見透かされたような気がしてたじろいだけれど、蒼井くんは優しく微笑んで「心配いらない」と頷いた。

「言ったろ、人を呪わば穴二つっていうのは、人を呪えば相応のリスクがあるってこと。人を不幸にさせれば、そいつはその代償を支払うことになるってことさ。あの人の元恋人も同じだよ」

つまり、どういうことだ。首をひねる私の横で、蒼井くんが苦笑しながら言葉を続ける。

「勝手に自滅してくってことさ。一度人を傷つけるようになった奴は、その習性を直そうと自分で思わない限りまたやるんだよ、何度でも。そうしてそのうち、その全部に対してデカい代償を払わないとならなくなる。……もしかしたら、自分の大切な人までも巻き込んで」

勝手に、自滅していく。その言葉を内心繰り返して私はぞっとする。果たして自分のそういう性悪さに気づかず、直せず、周りまで巻き込んでしまうとしたら。想像するだけでも身震いがする。

——ああ、でも、そうかもしれないと、私は腑に落ちる思いだった。

さっきのお客様の元「恋人」は、今までも何度もこうして人を傷つけてきたのかもしれない。

自分の思い通りの選択をするためならば、誰かが傷ついても構わない。自分の意に沿わないものを切り、思い通りにならないものを捨て。

見るモノも、自分の見たいモノだけ。求めるモノも、自分の欲しいモノだけ。

そうして手に入るのは、きっと、空っぽの居場所だ。長続きのしない、一見平和で理想的で、でも実質は虚ろな居場所。そうして居場所を手に入れても、そこでも同じことをいつしか繰り返し、きっと自分が大事に思っているつもりの人間のことも、無意識に傷つけていくのだろう。そうしていつかきっと、崩壊に向かう時が来るだろう。

良くも悪くも、人間の性根《しょうね》はなかなか変わらない。自分がそれを認識し、変えようと試みない限り。

「ま、もしそんな奴が後悔してこの店に来ることがあれば、助けるしかないけどな。そもそも来るかどうか」

「なんとかしたいと思うようになれば、来るでしょう。難しいやもしれませんが」

「それもそうだな。まずは本人の改心次第ってわけだ」

ティレニアの返しに蒼井くんは不敵に笑う。

「さて、桐生さん。さっき渡してあった宝石、どうなってる？」

ぐるりと振り返った蒼井くんにそう尋ねられ、私は握りしめていた黒いビロードの小袋の中身を、そっと手のひらの上にあけた。

真っ二つに割れたラピスラズリと――ツンと冷えた夜空にかかるオーロラのような光をたたえた、グレイッシュな石。くすみの取り払われた、心の宝石の『写身』だったものが、そこにはあった。

「ひとまず今回の案件も無事終了。……あの人、幸せになってくれるといいな」

『お客様には入れ込まない』と言いつつ、なんだかんだ気になる様子の蒼井くん。

「そうですね、もう一つの石言葉もありますし」

「もう一つの石言葉？」

ティレニアの相槌に私が聞き返すと、彼は頷いてこう囁いた。

「そうです。ラピスラズリの石言葉は『克服』、『成功の保証』、『幸運』――それともう一つ極めつきがありまして。『永遠の誓い』、という言葉がね」

「へえ……」

なんというロマンチックな石言葉。私たちが蒼井くんの方を見ると、蒼井くんは不機嫌そうな態度で片方の眉毛を上げた。

「何か文句でも？」つんけんした言葉が彼の口から飛び出たけれど、どうやら照れ隠しらしい。気まずそうに視線が宙をさまよっている。

「ううん全然」

「全然じゃないだろ、笑ってるし！」

「まあまあ、パンケーキでも食べましょう。さっき更紗が作っておいてくれたんです」

「……う、食べる」

ティレニアの申し出に、途端に大人しくなる蒼井くんはなんだか等身大の高校生に戻ったようで。それも合わせて微笑ましくなり、私はこっそり頬を緩めてしまったのだった。

第三話・インペリアルトパーズと名前

――知ってる？　この花。変わった名前がついてるんだって。

――変わった名前？

――そう。なんだっけ、なんかの神様の絵筆なんだって。

声が聞こえた。外からではなく、体の中からぽこりと湧いてくるような声が。

「……また、夢」

目をこすりながら私はベッドから起き上がった。最近、やたらに花とかお寺とかスイーツの出てくる夢を頻繁に見る。

原因は分かっている。多分、これから行われる学校の行事のために、最近調べものをしているせいだ。

のそのそと淡いブルーのYシャツを着て、七分袖くらいに腕まくり。紺色に水色のチェック柄が入ったプリーツスカートを穿《は》く。自分の部屋を出て洗面台に行って顔を洗い、コンタクトをつけ終わって部屋に戻ると、スマホのメッセージの着信を知らせる光が点滅していた。

『今日で大詰めだね！　一緒に頑張ろ』これは学級委員長の牧田さんから。

「と……もう一通？」

メッセージはもう一つ、別の人から来ていた。

『また今日、学校で』

相変わらず、なんだかんだマメだ。私は天井を仰いで紺色のカバンを肩に掛け、学校に向かった。

今月から始めた硝子館でのバイトと、スーパーのレジ打ちバイト、それから学校生活に家の家事の手伝いにという日々を繰り返して数週間。ちょっとばかりの非日常になんだか慣れてしまった自分が怖い。

そんな中でも学校は平穏な通常運転で、今の私の頭を強いて悩ませているものといえば――校外学習だった。

我ながら、随分平和な悩みだとは思う。が。

「ああ、めんどくさい……」

「めんどくさいけど、こうして調べるのも勉強のうちだよ」

高校の教育課程の一つ、午後の「総合的な学習の時間」の授業中。ルーズリーフを前にぶつくさ言っていると、左隣から聞きなれた爽やかな声がした。私はその声の主を横目で睨《にら》むだけにとどめ、大きなため息をつく。

「蒼井くんも、桐生さんに丸投げしないでちゃんとやるの」

「うう、さすが牧田さん……」

右隣から援護が来て、私はありがたい応援にしみじみと手を合わせる。牧田さんはその綺麗な黒髪をなびかせて、私が積んでいた資料本を蒼井くんの机にどさりと置いた。

「いやー、さすが委員長がいる班だとサクサク進むな」

「ありがたやありがたや」

目の前で私同様、牧田さんに対して拝む姿勢を見せているのはクラスメイトの山下《やました》くんと朝倉《あさくら》くんだ。

「とにかく！　今日中に課題仕上げて、この班のルートも提出しちゃいましょ」

「はーい」

牧田さんの言葉に、私たちはルーズリーフにシャーペンを走らせる。左隣をちらりと見ると、蒼井くんも資料本を片手に真剣な顔で課題に取り組んでいるのが見えた。

そう、この五人は来月第一週に控える校外学習の行動班メンバー。私たちが今必死になっているのは班の課題だった。

この前クラスで決まった回る地点から各班ごとにルートを定め、なおかつそのルートで回る地点の歴史や成り立ちを調べて提出せよ。よくある課題だけれど、これがまたここが鎌倉なだけに、歴史関連の資料がわんさかあって一苦労だ。

ちなみに資料集めは主に私が担当した。あみだくじで班が決まり、課題が提示されるや否や、「情報収集は桐生さんがうまいから」という蒼井くんの謎の提言によってそういう運びに。そんなわけで、私はへばっていたのだった。

「それにしても、桐生さんのおかげで助かったわ。資料も役立つものばっかり。本当にありがとう」

「ほんと？　それならよかった」

牧田さんの言葉にほっとして、私は次の資料を手に取る。横から「桐生さんが頑張ってくれたんだから、交通網・ご飯調べ担当とおごり担当は私たちで分担ね！」というありがたい牧田さんの申し出と、賛同するメンバーの声を聞きつつ、私は手に持った資料から感じる違和感に首をひねった。

自分で用意した覚えのない資料が交じってるんだけど……。

首をひねった後に、可能性の高い結論に至った私は、さらに首を傾げた。

「まさかね」

「ん、桐生さん何か言った？」

目の前の山下くんが目を丸くして私を見ている。しまった、課題に集中せねば。私は「ううん、なんでもない」と言いつつ俯き、再度ルーズリーフに向かった。

そのまま放課後に突入してしばらく。

「ああ、やっと終わった……」私たちはぐでんと机の上に伸びる。

「私提出してくるね。みんなお疲れ様、また明日」

それぞれが担当したルーズリーフを集め、牧田さんがバインダーに綴《と》じて立ちあがった。

「ありがとう……」

「サンキュ、委員長」

机の上に伸びたまま、片手だけふらふらと上げる男子勢。どうやら相当へばってしまったらしい。私と牧田さんは顔を見合わせて苦笑する。

「牧田さん、ありがとう。じゃあ私は図書室に資料返してくるね」

「うん、ありがと。任せた」

牧田さんに見送られ、私は図書室へ。資料の何冊かは市内の図書館で借りたものだけれど、いくつかは学校の図書室で借りたものだ。

部活が始まり、賑やかな気配が漂う校舎の中を歩き、私は東館三階の一番端にある図書室へと向かう。

高校二年生の教室は西館の二階。教室から図書室へ行くには、東館と西館を繋ぐ二階のガラス張りの連絡通路を通り、一つ上の階へ上る必要がある。案外、時間がかかる道のりなのだ。

ガラス張りの通路を、何気なく階下の様子を眺めながら本を抱えて歩く。通路から見えるのは、生徒の下駄箱が並ぶ昇降口と校門の様子。

——人ごみに紛れても、見つけられると言ったのは誰だったっけ。見覚えのある背中を見た気がして、私は思わず立ち止まったけれど。

「あ、急がないと」

今日は硝子館でのバイトの日だ。のんびりしている場合じゃなかった、と私は急いで駆け出した。

「……で、なんなんだろう、これ」

図書室に本を返した後、私はすぐに校門を出る。でもその足はまっすぐ硝子館に向かうのではなく、まずは鎌倉駅へと向かっていた。

手の中には、一枚の付箋。さっきの課題で違和感を覚えた、資料の本の中の一冊に貼ってあったものだった。

その資料の本は、やっぱりよくよく見ても私が準備したものではなく、図書室、図書館のどちらで借りたものでもない。ちゃんと確認してみたら、それは明白だった。

図書館等で借りた本についているはずのバーコードも、本の所在を表す所在記号ラベルも、その本たちにはついていなかったのだから。

「……あ」

人が行き交う、鎌倉駅の前。その流れの中で佇む、とある人影を見つけて、私は持っていた付箋を元通り本に貼った。

「よ。お疲れ」

私が近づいていくと、涼しい顔でこちらへ顔を向ける美少年が一人。その両手に持っているものを見て、私の首は多分、三十度くらい傾いた。

「来たんだ？　連絡なかったけど」

「蒼井くんだっていう確証がなかったからね。もし違ってたら恥ずかしいし」

「ふうん。ま、いいや。はいこれ」

連絡がないことを嫌みっぽく指摘してくる蒼井くんに私はそう返しつつ、目の前に彼が差し出してきたものを凝視する。

なんでクレープ？

「この味が一番人気だって聞いたから」

「あ、うん、その味一番有名なやつ」

駅近くの小町通りに店を構える、『クレープコクリコ』の、レモンシュガーのクレープ。

シンプルながらも生地のほんのりとした甘さと、振りかけられたグラニュー糖のじゅわっとしたサクサク加減、そこへ効いてくるレモンの酸味。私も大好きなクレープだ……とか思ってる場合じゃなくて。

「資料探しお疲れ様、ってね。はい、お疲れ」

ぐい、と私に向けさらにクレープを笑顔で差し出してくる蒼井くん。

「え」

「そのために呼び出したんだけど。資料探し押し付けたの俺だし、そのお詫び」

なんですと？　私の頭の中で付箋に書いてあった文面が蘇る。図書室から帰ってきたあと、自分が準備したものではない所在不明の本たちをどうしたものか、なにか手がかりはないかと確認しているときに見つけた、あの付箋だ。

『放課後、鎌倉駅で。学校出たら連絡して』

そういうことだったのか。薄々そうだろうと思っていたけれど、やっぱり本に付箋を貼った犯人は蒼井くん。あのメッセージも蒼井くんだ。納得すると同時に、私は内心突っ込みたくなった。

あ、圧倒的に言葉が足りない……！

「食べないの？　あ、レモン苦手？」

苦手だったら仕方ないかと手をおろしかける蒼井くんに、私は慌てて声をかける。

「ううん、食べる食べる！　その味、すっごく好き」

「よかった。じゃあどうぞ」

「あ、ありがとう……」

私がクレープを受け取るや否や、蒼井くんは自分の分のクレープにかぶりついた。

「お、すっげー美味い」

呟いて目を丸くする蒼井くんはなんだか無邪気だ。微笑ましく思うと同時に、連絡をしなかった負い目が今更のように肩にのしかかってきた。

まさかクレープを買って待っていてくれていたとは。想像の斜め上だ。

「食べながら店まで行こうか」

「うん」

蒼井くんの後について行きながら、私は貰ったクレープを齧った。クレープの端はパリパリ、少し食べ進めていくと現れる、やわらかくもちもちとした生地。搾りたての生レモンとサクサクのグラニュー糖のハーモニーがたまらない。

なんだかすごく、身に染みる。

「あの……ありがとう」

「ありがとうはこっちのセリフ」

またも予想外の言葉が返ってきて、私は思わず「え？」と腑抜けた声を出してしまった。

「桐生さんさ、『フリーライダー』って知ってる?」

「や、ごめん、知らない」

聞きなれない言葉だ。ぽかんとする私に、蒼井くんはクレープを食べながら「そうだなあ」と思案げに空を見上げた。

「対価を支払わずに利益だけ享受する人のことだよ。身も蓋もなく言っちゃえば、『タダ乗り』だな」

なるほど。それ、きっと会社でやったら「給料泥棒」って言われるやつだ。

「大人数で一つの課題をやるとするだろ。そうすると多かれ少なかれ『誰かがやってくれるだろう』って意識が働いて、結果的にちゃんとやってくる奴とやってこない奴に二分される。……そういうの面倒くさくて、昔から」

気のせいか、蒼井くんの最後の言葉のトーンは他の言葉と違って、色が重かった。その違和感について聞く暇もなく、蒼井くんはニッと笑ってクレープをまた一齧りする。

「ってことで、桐生さんに頼んだわけ。ちなみに勿論だけど、桐生さんがフリーライダー予備軍ってわけじゃないよ。いたいけな女子が一人奮闘する姿を見てれば、まともな奴なら負い目から『ちゃんとやらなきゃ』って焦るだろ。課題も早く終わるし一石二鳥」

いたいけな女子とは誰のことか。実態がそうではないから力不足で申し訳ない。「いたいけじゃないけど」と言ったら「十分いたいけだよ」とさらっと返された。うん、からかわれてるな、これ。

でも、と私はふと引っかかりを覚える。牧田さんも山下くんも朝倉くんも、そのフリーライダーとかそういう人たちではなかったような。本当にやらないような人たちなら、課題だって適当に手伝うふりをするだけで、ほぼこちらに押し付けることだってできた。だけど、みんな課題をちゃんとやってくれた。

それに。

「私一人で奮闘してないよ。これ」

私はカバンから三冊の本を取り出す。書籍二冊に雑誌一冊、私が用意した資料じゃない本たち。例の付箋が貼ってあったのもこのうちの一冊だった。

「用意してくれたの、蒼井くんだよね。ありがとう」

「……ああ、それ。ごめん、重かったでしょ」

私の手から本をひょいと取り上げて、蒼井くんはクレープを片手に持ったまま、自分のカバンに器用な手つきで本を押し込んだ。

「あの、だから私一人でやったわけじゃ」

ないんだけど、と言いかける私の声に蒼井くんの大きなため息がかぶさる。

「一人でなんて、やらせるわけないだろ。いいんだよ、一人でやったってことにしとけば。俺も桐生さんを利用したわけだしね」

この話はこれでお終い。そう言いながら、蒼井くんから私の額へ軽いデコピンが飛んでくる。

「それより、次行ける？」

「次？　って何の？」

私は軽く額を抑えながら問い返す。もうちょっと詳しく説明してくれないかな……と思いつつ歩く私の横で、「こっち」と短く言った蒼井くんが曲がり角を右折した。

そうして彼は迷いなくすたすたと、小町通りから外れて若宮大路の方向へ歩いていく。

「へ、そっち行くの？」

「目当ての店がこっちにあるからな。どっちからでも店に行ける」

どっちからでも店に行ける、それはそうだ。なぜなら若宮大路は小町通りの平行に走っていて、どちらの通りからでも硝子館に行く方向へ道が繋がっているのだから。

それはともかく。「目当ての店」とは？

「あれだよ、あれ。次は『段葛《だんかずら》こ寿々《すず》』のわらび餅な」

彼はあっという間に食べ終わったクレープの包み紙を折りたたんで、進路向こう側にある、とある店を指さした。

『段葛こ寿々』。木造二階建ての風情ある古民家風の店構え、その隣で揺れる一本の枝垂れ柳。私も知っている、絶品わらび餅が味わえると有名なお蕎麦屋さんだ。

それは分かる。分かるのだけれど。

「……ん？」

私は彼の後を追いながら、まだ食べかけだった手元のクレープを見やる。

「え、それも食べるの？」

「え、食わないの？　こ寿々のわらび餅は絶品なのに」

「まさか食べないなんて」みたいな表情で蒼井くんが問い返してきたけれど、クレープ丸々一つを平らげておいて、さらにわらび餅とは。

「あーあ、あのつるっとモチモチのわらび餅を食べないなんてさ」

「……」

「ほんとに食べないの？」

蒼井くんが、片眉と口角の片方を器用に上げた、どこか皮肉な笑みで私の顔を覗き込む。

「……食べたい、です」

私は視線の圧に負けて本音を口にする。

あの美味しさは、私だって知っているのだ。食べたいに決まっている。どう答えるか迷っていたのは、「大食らい」だと彼に知られたくなかっただけで。

「食べたいもんは遠慮しないで食べな。そっちの方がいい」

ぽんと私のカバンを軽く叩いた蒼井くんが、若宮大路の向こう側に渡る横断歩道を渡り始める。私は慌てて残りのクレープを齧りながら、彼の後を追ったのだった。

◆

「……ところで」

　こ寿々のわらび餅は、やはり美味しかった。口に入れるとつるんとした感覚が舌に乗り、噛めばもっちりとした食感が、わらび餅の上品な甘さと黒蜜ときな粉との優しいハーモニーと一緒に広がる。あまりの美味しさに、お持ち帰り用のわらび餅を二箱買い込んだ私はルンルン気分で歩いていたのだけれど。

　さっきから、蒼井くんの様子がおかしいのだ。硝子館へ向かう道すがら、何かを考え込むように黙ってしまった蒼井くんに私は話しかけた。

「何かあったの？」

「え、なんで？」

　歩きながら蒼井くんがこちらに顔を向ける気配がする。なんとなく漂う沈黙が気まずくて、とは言えない。どうしたもんかと考えていると、蒼井くんはくつくつと笑い出した。

「ごめん、やっぱ気づくか。ちょっと気が張っててさ」

　それはそれは盛大なため息をつきながら、彼はがっくりと肩を落とす。なかなか見たことのない光景だ。ここまで蒼井くんがナーバスになっている姿を見るのは初めてかもしれない。

その後も、雑談をしながらも蒼井くんからピリピリとした空気はずっと漂っていて。見覚えのあるレンガの外壁が視界に入ってくると、彼は小さくぼやいた。

「ああ、入りたくない……」

なんだか目が虚ろだ。いったい全体どうしたというのだろう。

苦虫を噛み潰したような表情できゅっと口を一文字に結んだ蒼井くんが、店の扉に手をかけたその時。

「やあやあやあ、やっと帰って来たね！　待ちくたびれたよ」

声と同時に店の扉が勢いよく開く。「うおっ」と低く驚きの声を漏らし、すんでのところで扉にぶつかるところだった蒼井くんが後ろに飛びすさった。

この扉、結構重いはずでは……。

「遅かったじゃないか、ユウくん」

満面の笑みで私たちの目の前に立っていたのは一人の若い男の人だった。グレープフルーツみたいな爽やかな雰囲気を持つ長身の男性。如才のない笑み、柔和な目、そしてその髪は蒼井くんと同じように日に透けると茶色に見える、色素の薄い髪だ。ついでに言うと、ファッション雑誌の一ページで適当なポーズをとって載るだけでも大人数のファンが付きそうなルックスだった。

「急に扉開けんなよな。危ないだろ」

「おや、これは失敬。久々に甥っ子に会えるのが嬉しくてつい」

蒼井くんを甥っ子と呼ぶということは、まさか。目を見開く私の前で、若い男性は笑みをたたえたまま両手をこちらへ差し出した。

「つい、ってなんだよ。あとその手、何」

「え？　久しぶりの再会の抱擁は？」

「しない。まだ時差ボケしてんの？　ここ、日本だけど」

素っ気なく返事をしながら蒼井くんが大きくため息をつく。彼はやれやれとでも言いたげな顔で、蒼井くんを「甥っ子」と称した男性を手で指し示した。

「桐生さんごめん、説明が遅くなって。この胡散臭い人が俺の叔父さん。叔父さん、こっちが」

「おお、これはこれはお美しいお嬢さん」

ずずいとこちらへ顔を向けて距離を詰めてくる「蒼井くんの叔父さん」。彼の笑顔の後ろに、「人の話を途中で遮るな」と頭を抱える蒼井くんが見える。

「どうも、ユウくんの父の弟の蒼井隼人《はやと》と申します。君のことはユウくんたちから聞いてるよ、前にお見かけしたこともあるしね。いやあそれにしても、帰った途端こんなかわいいユウくんのガールフレンドにお目にかかれるとは。僕のことは、よろしければ隼人とお呼びください」

　凄まじくよく喋る人だ、色々突っ込みどころがあるセリフが多いけど。そう思っているうちにいつの間にやら握手の形で手を握られ、私は半ば混乱状態になりながらも頭を下げる。

「あ、あの、桐生更紗と申します。蒼井くんには本当にお世話に……というかガールフレンドではないんですが……」

「叔父さん、桐生さん戸惑ってるからそれくらいにして。あとその『ユウくん』ってのやめろ、なんか嫌だ」

　私と叔父さんの手を引きはがす蒼井くんにくるりと向き直り、叔父さんはきょとんとした顔で首を傾げた。

「どうしてだい？　かわいいじゃないか」

「かわいいって言われて喜ぶタイプに俺が見えるのかよ」

「嬉しくないの？」

「嬉しくない」

　口をへの字に曲げて断言する蒼井くん。叔父さんは「ふむ。じゃあ仕方ないね」と手を打ち、レジの方へ歩いていって何かを持って戻ってきた。あれは、チラシと黒い箱だろうか。

「まあそれはともかく、ユウくんにお土産があるんだけど」

「人の話を聞けよ……」

蒼井くんがげっそりと呟く。そんな彼におかまいなく、叔父さんは相変わらずのニコニコ顔で右手にチラシ、左手に箱を持って私たちの方に差し出した。蒼井くんは私の隣で何も言わず、むっつりと眉をひそめている。

「あの、どこかへ行ってらしたんですか？　さっき時差ボケって……」

沈黙に耐え切れず、私は切り出す。叔父さんはうんうんと頷いて右目だけを器用に閉じて見せた。整った顔に似合う、完璧なウインク。そういえばこの人、蒼井くんのお父さんの弟さんだと聞いたけど何歳くらいなのだろう。二十代後半くらいに見えるけれども。

「よくぞ聞いてくれました。『赤い炎』を宿すダイヤを探してちょっと遠くまでね」

「……叔父さんは宝石の買付もやってるから、よくふらっと海外に行くんだ。趣味が高じて仕事にって感じ」

蒼井くんはそう言ったきり、また黙り込んでしまった。その目線は、チラシと黒い箱との間を揺らいでいる。

「どう、見てみる？　見つけたんだよね、とびっきりの現物を」

叔父さんが黒い箱の方を私の方に差し出す。近くで見ると、それはお馴染みの黒いビロードの箱だった。この中に先ほど話していた『赤い炎』のダイヤがあるのだろうか。

それはいったい、どんな宝石なのだろう。そう思った矢先に隣からただならぬ怒気を感じて、私は思わず蒼井くんの表情を見る。

彼の顔には、いつもの温和な笑顔がなかった。

「……叔父さん」

「うん？」

「どういうつもり？」

蒼井くんの声は、絶対零度並みの、これ以上ない冷たさを帯びていた。対する叔父さんは、その爽やかな笑顔を保ったまま肩をすくめてみせる。

「どうしたもこうしたも、純粋に甥っ子への土産物とお出かけのお誘いなんだけどね」

「……そういうの、いらないから」

着替えてくる、と言い残して蒼井くんが店のレジ奥へ歩いていく。

「悠斗くん」

叔父さんが呼びかけると、蒼井くんは背中を見せたままぴたりと立ち止まった。

「なれそうかい？『護り手』には」

「……」

叔父さんの問いかけに答えることなく、蒼井くんはそのままレジ奥のブラックチョコレート色の扉を開け、向こう側へと姿を消した。

「困ったもんだね、相変わらずだ」

ため息をつきながら、叔父さんがレジの椅子へ座り込む。その拍子に先ほど持っていたチラシと黒い箱をレジのカウンターの上に置いて。

チラシには『植《うえ》　北斗《ほくと》展』という文字が見えた。私ですら名前を知っているレベルの有名な画家の展覧会のチラシ。「お出かけのお誘い」とは、このことだったらしい。

「困らせたのは隼人、あなたでしょう」

声と同時に黒猫が私たちの足元に駆けてくる。

「相変わらず手厳しいね、ティレニアは」

「本当のことを言っただけです」

そう言いながらティレニアが私の足を軽くぺしぺしと叩く。どうやら抱き上げてくれの意らしい。私は大人しく、温かくもふもふの黒猫を腕に抱きかかえた。

「やっぱりやるねえ、君。ティレニアが懐いてる」

レジのカウンターに軽くひじをついた姿勢で、年齢不詳の美青年が微笑んだ。やっぱりなんとなく、この人は蒼井くんに雰囲気が似ている。

「ねえ、君は知ってる？　『四神相応《しじんそうおう》』ってやつ」

この回りくどい前置きの仕方も蒼井くんそっくりだ。そうぼんやりと思いながら、私は控えめに頷いた。ちょうど最近鎌倉の歴史を調べたばかりだったから、文献かなにかで見た記憶がある。

「ええと……確か、源　頼朝《みなもとのよりとも》が鎌倉を選んだ理由の一つだとも言われてますよね」

頼朝が鎌倉を選んだ理由はいくつかの説があるが、次の三つであるとも言われている。一つは東国における源氏の拠点であったこと。二つ目は都市部を山に囲まれ、もう一方も海という要塞のような地であったこと。三つ目が風水の関係——それが『四神相応』だ。

実は古代から中世の都市造りでは、四神相応の条件が揃った土地は吉意が強いと言われ、重視されていたという。四神とは東西南北を司る霊獣、青龍《せいりゅう》・朱雀《すざく》・白虎《びゃっこ》・玄武《げんぶ》のことを指し、それらの霊獣は各々が自然形態の象徴になっている。

なんでも、理想の都市を造るには、東に清らかな川が流れていて青龍が棲み、西に大きな道があって白虎がおり、南のくぼんだ湿地には朱雀が潜み、北の山には玄武がいる地を選ぶのがいいとされていたらしい。京都《きょうと》もこの四神相応に従って都市造りをされているんだとか。

「よく知ってるじゃないか、その通り。四神相応を鎌倉にあてはめると、東の『滑川』が青龍、大磯《おおいそ》方面に抜ける西の道が『白虎』、北の山々が『玄武』、南に開けた相模湾《さがみわん》が『朱雀』ってわけ。ま、鎌倉は今でいうパワースポットとして適切な土地だったわけだよ」

「それがどうかしたんですか？」

「それが関係大アリなんだよ。宝石の中でも青い宝石ってのは気まぐれな奴らでね。数が少ない上に、気難し屋が多いんだ。気に入った場所、気に入った主《あるじ》の下でないとなかなか言うことを聞いてくれないし、力もちゃんと発揮しない」

「全くもって、その通りです」

うんうんと私の腕の中でティレニアが頷いて同意を示す。ちょっとかわいい。だけどその話と四神相応と、なんの関係が？

「さて、ここで質問。鶴岡八幡宮を中心とみて、この土地はどの四神の方角だい？」

「ええと……滑川の方角だから、青龍ですか」

「またまた大正解」

満足げに微笑んだまま、パチンと指を鳴らす叔父さん。

「清浄な水の力に守られた土地を、青の宝石たちは好む。昔はもっと水が綺麗だったしね。そういう訳で僕たちがこの仕事をする上では、この土地が場所的には及第点なんだけど、一つ問題があったのさ」

「問題……？」

「主がなかなか決まらなかったんだ。主になるには石たちに宝石の『護り手』として認められないといけないんだけど、これがなかなか難しくてね」

『護り手』。さっき叔父さんが蒼井くんに言っていたワードだ。

「お客様に合った『護り石』を管理する者のことです。この奥に倉庫があるでしょう？　そこの管理人みたいなものでして。宝石魔法師としての高い素質が必要なのはもちろん、宝石たち自体に認められないとなれないのです。『護り手』として認められた宝石魔法師が管理することで、宝石たちはその力を発揮することができるようになります」

なんのことなのだろうという疑問が顔に出ていたのか、ティレニアが私の腕の中でこちらに顔を向けながら教えてくれた。

――その人に合った『護り石』を処方して、その人の心の宝石の汚れを取り払う――それが、この一族の仕事。

前にティレニアがそう教えてくれたっけ。

その護り石を管理するのが『護り手』と呼ばれる、宝石たちの主。その主が管理することで宝石たちはその石言葉を反映した力を発揮できる。

だけど、その主がなかなか決まらなかった……。あれ、でも。

「主が決まっていないなら、今までお客さんに処方してきた宝石は力を持っていないということですか？」

ふと疑問に思ったことを口にすると、叔父さんは少しも動じずに首を横に振った。

「ちゃんと力は発揮してるさ。今は僕と悠斗の二人がかりでやっと認められてるようなものだから。……だけど、いつまでもこのままじゃいられないからね」

そう言った直後、叔父さんはふと真剣な顔になってこちらに少し身を乗り出す。

「だから、君にはね……」

「そこ、ちゃんと店番してくれる？」

叔父さんの声に被さって蒼井くんの声が聞こえる。普段ではなかなか見ることのない、眉間に皺を寄せた顔で彼がレジ裏の扉を開けて立っていた。

ネイビーのYシャツに細身の黒いズボンという店員スタイルの出で立ちで、彼は私たちの方をギロリと睨む。

「ちゃんとしてるよ、僕って信用ないのかなあ」

「ない」

「こりゃまた食い気味に即答したね……」

頭を抱えて嘆きのポーズを取る叔父さんにも構わず、蒼井くんは私の方に顔を向けてレジ奥の扉を指さした。

「桐生さん、着替え」

「う、うん」

早く着替えねば。急ぎ足で彼の横を通り過ぎ、更衣室へ向かいかける私を蒼井くんが振り返った。

「更衣室、鍵ちゃんとかけなよ」

「いつもかけてるけど……!?」

聞き捨てならない忠告だ。思わず振り返ってそう返した私の視界を、蒼井くんが何も言わずに閉めた扉が塞ぎ。私は大人しく回れ右をして、更衣室へ向かったのだった。


何かが、おかしい。

この頃になってからそう気づき始めたのは、それがつい最近からのことだからなのか、それともここ最近の私が能天気過ぎて色々スルーしてしまっていたからなのか。

「うーん……」

例の校外学習ももう来週に迫り、課題提出も終わった今。別にテストが迫ってきているわけでもなく平和なはずのこの時期に、私はある件で密かに首をひねっていた。心の中だけで。

——やっぱり、見えるんだよな。

「桐生さん、どうかした?」

私の目の前でお弁当を食べる手を止めて、牧田さんが不思議そうに首を傾げた。その拍子にさらりと彼女の黒髪が揺れ、その隙間からやっぱり「あれ」が見える。

「ううん、なんでもない」

慌てて手を左右に振り、私はサンドウィッチを食べ始めた。ハムとキュウリ、ハムと卵。フルーツサンドも作ろうかと思ったけれど、なんとなくやめておいた。

「ねね、それって桐生さんの手作り？」

牧田さんが私のサンドウィッチを指さす。彼女の口から「前から美味しそうだと思ってたんだよね」という言葉が転がり出て、私は目を瞬かせた。

顔を上げると、彼女はなんの裏表もなさそうな顔でミートボールを口に放り込んでいる。

「あの……よかったら、食べる？」

控えめにラップに包んだサンドウィッチを持ち上げると、牧田さんはもぐもぐと口を動かしながら目を丸くした。そして一拍おいた後、彼女はごっくんとミートボールを飲み込んで顔をこちらにずいと近づけてくる。地味に距離が近い。

「えっ、いいの!?」

私は牧田さんの勢いに、目を白黒させながら頷いた。

「ほんとに!?」

「もちろん。牧田さんがよければ、だけど」

「食べたい！」

大きく頷いて、牧田さんが私の差し出したハムと卵のサンドウィッチを受け取る。その時だった。

「委員長！　先生が呼んでた。職員室来てくれって」

　クラスメイトの男子が牧田さんに向けてそう言いながら、ドアの外から入ってくる。

「え、また……？　ごめん桐生さん、すぐ戻るね」

「うん、行ってらっしゃい」

　慌てて教室から駆けだしていく牧田さんの耳元に、キラリと光るものが見える。私は彼女を見送った後、ひっそりと息をついた。

◆

「……という、わけなんですが」

「なるほど。牧田さんの耳にピンク色っぽい石が、ねえ」

　蒼井くんが私の目の前で腕を組み、顎に手を当てて何かを考え込む。昼間の出来事を硝子館の面々に報告していた私はその言葉に頷いた。

「うん。ピンク色っていうか、オレンジ色も混じってるみたいな……」

　私は今日の昼間、牧田さんの両耳に見えたピアスの色を思い出しながら情報を付け加える。つい最近、見えるようになった彼女の耳元の宝石。あの色をたとえるなら。

私は目の前で立っている二人と一匹を見る。蒼井くんに、その叔父さんである隼人さん、それに床に猫の姿で座っているティレニア。そうだ、ちょうど――。

「ちょうどピンクグレープフルーツみたいな色でした」

「ほう。なるほど」

隼人さんがいつもの如才のない微笑みを浮かべて頷く。私はその相槌に背中を押されて、さらに説明を重ねた。

「気づいてから牧田さんに試しにそれとなく聞いてみたんですけど、牧田さんはピアスの穴はあけたことがないって言ってました。学校にあえて装飾品を着けてくる気はない、とも」

うちの高校は制服はあるものの、校則自体はだいぶ緩い。生徒の自主自律を謳《うた》うだけあって自由な校風だ。禁止されているのは『公序良俗に反するもの、学校の品位を貶めるようなこと』のみ。アクセサリー類も自由だから、ネックレスやピアス、イヤリング類を付けている生徒は結構いる。だから牧田さんがピアスを着けていてもなんの問題もないのだけれど、私には二つ引っかかることがあった。

一つは、今まで私が見てきた中で牧田さんがアクセサリーを着けていたことはなかったこと。高校の校則自体は緩いものの、彼女はどんなに校則がきつい学校でも品行方正な生徒で通るだろうというほど『模範的な生徒』だ。髪も染めないし、制服も着崩さないし、アクセサリーもしない。だから学校のクラスメイトからは自身の肩書もあって『委員長』と呼ばれている。

——長年の習慣が身に付いちゃってるのよね。多分私、アクセサリーは学校には着けてこないと思う。かわいいなとは思うんだけど。

彼女は、牧田さんはそう言っていた。

もう一つは、そう言っていた牧田さんの耳に着いていたピアスの石の色。まだ微かにだけれど、その明るい色の中に灰色の陰りが混じっていたことだった。

「そうか、そういえば君にも石が見えるんだったね。事前に言ってもらえて助かるよ」

にこやかに笑う隼人さんの隣で蒼井くんは自分の腰に手を当て、むっつりとした顔で口を開いた。

「で。なんでそれ、学校ですぐ俺に言わなかった?」

「ええと……」

私の背中を冷たい汗が流れ落ちる。これはどうやって切り抜けたものか。

まさか本当のことは言えない。最近の蒼井くんの様子がおかしくて、なんとなく相談しづらかっただなんて。

それに、私は学校では蒼井くんと個人的に話したことがほとんどないのだ。ただでさえ目立つ存在である彼の側に寄って、好奇の視線の的になるのは正直ごめんこうむりたい。

「なにカリカリしてるんですか、悠斗。関係者全員の前で一度に説明してもらった方が、共通認識を持てるじゃないですか。いたって合理的です」

床の上に寝そべりながら尻尾を揺らめかせるティレニアの言葉に、蒼井くんが返事もせずにそっぽを向く。

ティレニアの援護のおかげで助かった。私が感謝の念を込めて見つめていると、黒猫は片方の目を閉じて目配せをしてくる。猫のウインク、初めて見た。

「それはともかく、不思議だねえ」

隼人さんが宙を見上げながら、やたらと明るい声で言った。相変わらずだんまりモードの蒼井くんを隣に感じながら、私は慌てて質問をする。

「何がですか？」

「その牧田さんっていう学級委員長の女の子と更紗さん、そんでもってユウくんも今度の校外学習の班が一緒なんだったよね」

「それがどうかした？」

ついに蒼井くんが口を開いた。腕組みをしたまま、何やら難しい顔で彼は隼人さんの方に顔を向ける。

「いやね、すごい偶然だなって思ってさ。班ってどうやって決まったの？」

「普通にあみだくじですけど……。女子と男子別でそれぞれ二、三人ずつのペアを任意で組んで、そっから計五人の男女混合班になるようにあみだくじで」

　ちなみに席替え同様、決めるときはだいぶ盛り上がった。クラス替えに席替えに班決めは、生徒にとっては一大イベントと言っても過言ではない。

　そりゃそうだ、誰だって折角なら仲の良い人や気になっている人や好きな人と一緒の班になりたいし、近くの席になりたい。ましてや今回の校外学習は一日一緒に出掛けられることと同義だし尚更だ。

「つまり、牧田さんと君の女子組とユウくんたちの男子組が、あみだくじで引きあたって同じ班になったってわけだね」

「そういうことです」

「ふうん、なるほどなるほど」

　なにがなるほどなんだろう。確かにすごい偶然だとは思うけれど、私が牧田さんとペアを組んだのは牧田さんが私にありがたくも声をかけてくれたからだし、蒼井くんと同じになったのは本当に全くの偶然で。

　私は黒板に書かれた男女混合班決めの時のあみだくじを思い出す。あまりにみんなが気合を入れて線を描きまくるから、難易度高レベルのあみだくじになっていたっけ。

　しばらく記憶の掘り起こしでぼうっとしていた私は、外部から腕を強い力で掴まれたことで我に返った。

「それより桐生さん、なんか食べるもん作ろ。腹減った」

言うなり、蒼井くんが私の腕を引っ掴んだまま店の奥へと突き進んでいく。半ば引きずられるようにしてついて行きながら後ろを振り返ると、「僕たちの分もよろしく。店番はしとくからねー」なんてのんきな声を出しながらにこやかに手を振っている隼人さんと、尻尾を揺らすティレニアが見えた。

どうやら否応なく蒼井くんと調理コースへ突入らしい。私は彼に引っ張られるまま、キッチンの中へと足を踏み入れた。

「さて、何作ろうか」

キッチンへ入った途端、蒼井くんがくるりと振り返る。その顔にはいつもの笑みが浮かんでいた。

「何か食べやすいものとかの方がいいかな。あの二人も食べるよね」

フォークとか使わずに何か手で食べられるものとか、と提案すると、蒼井くんは一気に元の表情に逆戻りする。彼はため息をついて冷蔵庫の中身を物色しだした。

「ティアはともかく、あのおっさんのことはいいよ、放っといて」

おっさんというには似つかわしくないくらい若い風貌の隼人さんに対して、蒼井くんは辛口に称して肩をすくめた。

「お、おっさんて」

「俺たちから見れば十分おっさん」

　バターと卵、生クリーム、薄力粉。黙々と食材を出してはキッチン台に置き、彼は続けざまにため息をつく。

「悪いな、取り乱して。俺、あの人どうも苦手で……。いや苦手というより得体が知れないっていうか……。あ、レモンのはちみつ取ってくれる？」

　今度はボウルや泡立て器を出しながら、蒼井くんが私たちの後ろのはちみつの棚を指さす。私は頷き、レモンのはちみつの瓶を捜して彼に手渡した。

　蒼井くんにも苦手なものがあるのか。何と言うべきか迷っている間に、彼はワッフルメーカーを取り出し始める。

「とにかく、桐生さんは気にしなくていいから。あの人の言うこと」

「言うこと？」

「そ。なんか色々不可解なこと言ってきたら迷わず俺に言って。あと、牧田さんの件みたいなことあったらすぐ報告して」

「う……すぐ言わなかったのは本当にごめん」

　私の頭の中に、牧田さんの耳に着いていたピアスが蘇る。夕暮れ時の赤い空のグラデーションみたいな色の石。

「宝石に汚れが見えてきたってことは、そろそろ牧田さんもこの店に来るかもな」

卵黄、生クリーム、はちみつをボウルで混ぜ合わせながら蒼井くんが呟き声で言う。その目は真剣そのもので、私はつられるように頷いて口を開いた。

「そのことなんだけど、お願いがあって」

「……珍しいな。何？」

ボウルの中身をかき混ぜる手を止め、目を丸くする蒼井くん。

「勤務日、増やしてもいいかな」

「そりゃいいけど、というかむしろありがたいけど桐生さんはいいの？」

いいもなにも、牧田さんの件が気になる。もしかしたら私がいない間に来るかもしれないし。大きく頷くと、彼はニヤリと笑って食材を混ぜるのを再開した。

「じゃあバリバリ働いてもらおうかな」

「よ、よろしくお願いします」

いつもの蒼井くんだ。私はほっとして頷き、そして彼の出した調理器具と並べてある食材を見回した。その中のワッフルメーカーを見て、思わず頬を緩めてしまった自分を自覚する。

「レモンのはちみつ使ったワッフルかあ。美味しそう」

「……何も言ってないのに、どうして分かった」

きょとんとした顔で蒼井くんが首を傾げる。どうしても何も、器具を見れば誰でも分かるのでは。

「これなら手軽に食べられるもんね」

にやにやしながら私が言うと、蒼井くんは鳩が豆鉄砲を食ったような顔で言葉に詰まった。その耳がみるみるうちに赤くなっていくのが見える。

「……グレープフルーツのはちみつマリナードが冷蔵庫にあるから、炭酸で割って。炭酸の量は、マリナードの二倍な」

「了解です、蒼井先輩」

結局その日蒼井くんが作ったのはレモンのはちみつ入りのワッフルで——グレープフルーツのはちみつマリナードを使った「グレープフルーツスカッシュ」との取り合わせも最高で、皆が絶賛するほど美味しかった。

そして後日。蒼井くんの予想は当たることとなる。

「え……？　桐生さんに、蒼井くん？」

牧田さんの件について私が硝子館の人たちに相談した数日後。やってきたお客さんは、驚きに目を丸くして硝子館の扉を開けたままの姿勢でぴたりと止まった。

「牧田さん。どうもいらっしゃいませ」

蒼井くんがにこりと学校で浮かべるような落ち着いた笑みを浮かべ、入り口の方へ向かっていく。彼に目配せされて、口をあんぐりと開けたまま棒立ちになっている牧田さんのもとへ、私も駆け寄った。

「牧田さん！　学校ぶりだね」

「う、うん、びっくりした……」

牧田さんはようやくフリーズ状態から脱け、しずしずと店内に足を踏み入れる。春物の薄手の白いニットに、スキニータイプのジーンズという出で立ちの彼女は、凛とした雰囲気に身を包んでいた。

その目は、私と蒼井くんの間を行ったり来たりしている。彼女ははっとしたように目を見開き、口元を手で覆った。「まさか二人って……！」という呟きが漏れ聞こえたけれど、たぶん彼女は何か勘違いしている。

そしてその勘違いをおそらく正してくれる声がレジ奥から飛んできた。

「やあ、ユウくんと桐生さんの同級生さんかい？　こんにちは」

「こんにちは……！　あの、このお二人と同じクラスの牧田明美と申します」

「そこの甥がお世話になっております。蒼井隼人です」

慌ててぺこりと頭を下げる牧田さんに、隼人さんがいつもの如才のない笑みを見せる。

その言葉を聞いて、牧田さんは「甥？」と首を傾げた。

「この人、僕の叔父さんでこの店の店長。僕も手伝いに入ってるんだけど、この店に桐生さんがバイトで採用されてさ。仕事してもらってるってわけ」

「そ、そうなんだ」

一応納得はしてもらえたらしい。蒼井くん自らの説明を受けて、牧田さんはこくこくと頷いて理解を示した。一息ついて彼女は改まったようにぐるりと店内を見回す。

「あの、ここって」

「ガラス雑貨の店ですよ。ゆっくり見ていってください」

僕がいない方がゆっくり見られるかなと微笑みながら、隼人さんが店の奥へ歩いていく。それを追って、ティレニアも猫の姿のまま無言で走り去るのが見えた。

「……っていうわけだから、ゆっくりしてってよ」

腰に手を当てて隼人さんの後ろ姿を見送っていた蒼井くんが肩をすくめる。その言葉に牧田さんは大きく頷き、その拍子に耳元のピアスがキラリと光る。――前よりも黒くなった染みが広がっている、ピンクグレープフルーツみたいな色の宝石が。

「いやあ、びっくりしたほんとに。桐生さん、バイトしてたんだ……って、それより」

牧田さんが突然、私に向き直って真剣な表情を見せる。私はその真剣さの勢いに押されて、先ほどの牧田さんのようにその場に棒立ちになった。

「私、桐生さんに謝らなきゃいけないことがあって」

「へ？」

そんなこと、あっただろうか。思い返す限り、牧田さんに何か悪いことをされた記憶は一切ない。

「ずっと謝らなきゃって思ってたの。校外学習の班の課題、資料集め全部してもらっちゃったでしょ。それにこの前桐生さんに貰ったサンドウィッチ、一回放置して先生のところ行っちゃったし」

　彼女の言葉に、私はますます首を傾げた。別に全然悪くないと思うんだけど。課題の資料集めを私に指示したのは蒼井くんだし、牧田さんの提案のおかげで私は資料集めの役目と引き換えに当日の交通費とチケットをタダにしてもらえるらしい。むしろ得した気分だ。サンドウィッチのことはそもそも気にしていないし、そういうことがあったことすら忘却の彼方だ。

　うん、全然悪くない。私は慌てて、申し訳なさそうに縮こまっているクラスメイトの前で手を振る。

「いや全然牧田さんが謝ることじゃ……！」

「牧田さん忙しいしね。この前も生徒会の件で先生から呼び出しくらってたろ」

　私の言葉の途中に入ってきた蒼井くんのセリフに、牧田さんがみるみるうちに顔をこわばらせていく。

「知ってたの……？」

「噂でね。今度の生徒会役員選挙に立候補しないかって、先生から勧められてるって聞いた。立候補者の数が足りないんだって?」

そういえばそんな行事もあったなと私は蒼井くんの言葉を聞いて初めて思い出す。七月の上旬に予定されている高校の生徒会長や役員の選挙。それに先生から直々に出馬を勧められるなんて、さすがは牧田さんだ。

「噂か……」

そう呟いた後に、彼女はしばらくそわそわと下を向いて春物ニットの袖をいじり――やややあって顔を上げ、蒼井くんをじっと見た。

「噂って、……ひょっとして、メールとか来たりした？」

「メール？」

なんのことなのかさっぱりという顔で蒼井くんが首を傾げる。その反応を見て、牧田さんはひらひらと手を左右に振った。

「あ、ううん、なんでもないの。蒼井くんはスマホ見ないんだったね。ごめん、変なこと聞いて」

そういえばなぜかそういう設定だった、この人。「いやあ、ごめん」と爽やかに頭をかく蒼井くんを横目で見ながら、私は思案げに店内を眺める牧田さんに視線を戻した。

「あの、牧田さん。せっかくだし、ゆっくり見て行って」

牧田さんの顔色から推測するに、どうやらこの話は深堀りしないほうが良さそうだ。私は、虹色の光を放っているガラス細工たちを指し示し、話題の転換をはかった。

「そうだね、ゆっくり見ていこうかな。それにしてもこのお店、何か気になっていつの間にか入っちゃってたのよね……なんでだろ」

牧田さんの言葉の最後の方は呟き声だったけれど、私はぎくりとその場に固まる。それはきっと、彼女の耳にある黒い汚れが広がった宝石のせいだ――とは言えない。

「牧田さん、よかったらこれだけでも持って帰って。これ、お客さんへのサービスのお土産」

店内を興味津々な目で眺める牧田さんの横に、蒼井くんがいつもの群青色の箱を持って歩み寄る。いつも通りの流れで牧田さんに箱を開けてもらい、蒼井くんはいつものあの『鍵』を手渡した後、いつもの笑顔で箱を閉じた。

「うわ、これ綺麗……ほんとに貰っていいの？」

そう目を輝かせる牧田さんの手のひらの上に載っている鍵には、眩しいほどのコバルトブルーの宝石が嵌まっていた。窓から差し込む光に当たって鮮やかに輝き、目を離せなくなるくらい鮮烈な青色を放つ石。

「うん。ぜひ持ってって」

「ありがとう！　すっごく素敵！」

宝石のようにぱっと目を輝かせ、牧田さんは鍵を大事そうにカバンの中にしまい込む。

「じゃあ牧田さん、また学校で」

「うん。またね」

お得意の笑顔を浮かべる蒼井くんと一緒に、彼女をいつものお客さんと同様、一度見送る。安堵で気を緩めていた私は、背後に人が立っていたことに気づかなかった。

「随分畳みかけるね。何か急ぐ理由でもあるのかい？」

「わ、隼人さん！」

いつの間に、という言葉を呑み込んで私は隣の蒼井くんを見る。案の定、蒼井くんはさっきまでの笑顔から一転、険しい顔で隼人さんを振り返った。

「何が言いたいわけ？」

「そんな警戒しなくても、かわいい甥の心配をしてるだけなんだけどね」

「別に心配しなくても、ちゃんとやるよ」

苦笑しながら蒼井くんが肩をすくめる。群青色の箱を右手で持ち上げ、「鑑定してくる」と言い残して蒼井くんはレジ奥の扉の向こうへ消えていった。

なんか覚えのある展開だ。

「うーん、なかなか難しいねえ」

困ったような微笑を浮かべる隼人さんが、顎に手を当てながら呟く。

「難しい……？」

「いやあ、歩み寄りってやつ？　本当に心配なだけなんだけどね。あの子にはトラウマがあるからさ」

いますごい大事な、それでいて重いことをさらりと言ったような。私が固まっていると、隼人さんは独り言のように言葉を続けた。

「あの子には、助けられなかったお客様がいるんだよ。……しかもそのお客様は、知人だったから」

「……」

「それなりに知った仲である人間がお客様として来るのと、今まで全くの赤の他人だった人間が来るのとでは、勝手はだいぶ違うだろう？　まあどっちにしてもやることはただ一つ、そのお客様の心の宝石、ひいては心の状態のメンテナンスなんだけどね」

隼人さんがそう言いながら店の奥へと歩を進める。それにゆっくりとついて行きながら、私は想像してみた。確かに、知り合いが来るのと全く知らない人が来るのとでは違うかもしれない。だってこの店に来たということは、何かしらを心に抱えているということで。自分の知っている人がそんな状態だということを、目の当たりにするわけだ。牧田さんの件のように。

牧田さんの宝石に陰りがあるのは、どうしてだろう。それに対して自分は、何ができるのだろう。

「あの、それって私に話してよかったんですか……？」

ぐるぐると思考がループしそうになる傍ら、私は思わずそう聞いていた。

「それって何が？」

「その、蒼井くんの過去のことです」

人のトラウマを、いくら身内からとはいえ、聞いてしまってもよかったのだろうか。いや今更悩んだって、もう耳に入ってしまったことには取り返しがつかないのだけれど。

「初めに見かけたときに確信したからね、君なら大丈夫って」

またまた引っかかることを言う人だ。

「前にも仰ってましたけど、以前にお会いしたことありましたっけ」

「うん。って言ってもこっちが一方的に見かけただけだけど。綺麗な女性のお客様に外に連れ出されたところ、見てたよ」

帰ってくる前にちょっと様子見に来てたんだよねと言いながら、隼人さんが得体の知れない表情で微笑む。対する私は思い当たる場面を脳内に再生させて、その場に硬直した。

あれだ。あのサムシングブルーのお客さんを見送った時。まさか見られていたとは。

「君は人を、哀れまないから。僕が一番嫌いなのはね、『可哀想』って言葉と感情なんだ」

人を哀れまない人だ、と言われても。どう言葉を返したものか頭を悩ませる私の前で、

「そんな困った顔しないでも。褒めてるんだよ」と言いながら隼人さんが私の肩にぽんと

手を置く。と同時に、レジ奥の扉が開いて蒼井くんがひょっこりと顔を出すのが隼人さんの肩越しに見えた。

「はいそこ、何してんの。鑑定終わったよ」

群青色の箱を持った彼は、足元に黒猫姿のティレニアを伴いながらこちらに向かって歩いてくる。

「おお、早速。今回はどうだった？」

「更紗の言う通りでした」

笑顔で問いかける隼人さんに、ティレニアが尻尾をぴんと立てて蒼井くんの代わりに返事をした。

「そう。桐生さんがピンクグレープフルーツの色って言ってたときから大体予想はついてたけど」

「ま、つまりはシェリー色ってことだもんね」

隼人さんのセリフに、蒼井くんは真顔のままこっくりと頷いた。そして私の顔をじっと見て、重々しげに言った。

「牧田さんの宝石は――インペリアルトパーズだ」と。

インペリアルトパーズ。「皇帝」の名を持つ希少な宝石で、熟成された極上のシェリー酒を思わせる色がベストカラーらしい。石言葉は『友情』、『友愛』、『希望』、『潔白』。どう解釈すればいいのか、皆目見当もつかない。

「さ、そろそろ長谷寺《はせでら》ね」

考えがまとまらないまま歩いていた私は、地図を確認しながら先陣を切る牧田さんの声に顔を上げた。寺の名前が書かれた大きな赤提灯が下がる山門が道の先に見える。

「紫陽花見えねえけど。まだ早いのかな」

「だねえ」

きょろきょろと探すような仕草をしているのは、この校外学習で同じ班になった山下くんと朝倉くんだ。しばらく一緒に行動した感覚では、どうやらこの二人は蒼井くんと組むだけあって温厚なタイプのようだ。それもあって、私は少しほっとしていた。

「紫陽花は入って奥の方に咲いてるはず。行きましょ」

音頭をとる頼もしい牧田さんの言葉に頷き、一行が足を速める一方。後からのろのろとついてくる人影の動きが気になって、私は声をかけた。

「蒼井くん？　みんなもうチケット買いに行っちゃったけど」

「あ、うん」

蒼井くんははっとしたように顔を上げ、手に持っていたものをカバンに入れる。いつぞや見た、金色の懐中時計のようなものが一瞬見えた。

「それ、何？」

「ん？　羅針盤《コンパス》」

質問にさらりと答え、蒼井くんが私の頭に手を置きながら「僕たちも行こうか」と言うと、先に歩き出す。その背中を追って長谷寺の山門の前に急ぎ、その中を覗き込んで私は思わず目を見張った。

小さな花を集めた、花束のように見える紫陽花の花。それが入り口付近にも点々と咲いている。その花ばなのひとひらずつが、紫や水色、うす青にうつろい、グラデーションのようにも見えて美しい。あたりは青葉の香りでいっぱいだった。

「向こうの、山の斜面の方に行けば、紫陽花がいっぱい咲いてる散策路があるらしいの」

はいこれチケット、と言いながら牧田さんが拝観券を手渡してくれる。

「あ、ありがとう」

「どういたしまして。蒼井くんのも買っといたけど、君は後で精算だからね。ほら」

「もちろん。チケットありがとう」

蒼井くんがにこやかにチケットを受け取っていると、「委員長、行こうぜ」と先を歩いていた山下くんと朝倉くんの呼ぶ声がした。私たちは急ぎ足で山門をくぐり、彼らと合流する。そして歩くことしばらく。蒼井くんがおもむろに斜め右の方を手で指し示した。

「紫陽花もいいけど、良縁地蔵もそこらへんにあるはず」

「お、例のやつ？　どこだろ」

牧田さんが目を輝かせて蒼井くんが指し示した方へと駆けていった。しばらく彼女はあたりを見回したのち、「あった！」と歓声を上げる。彼女が指さす方を眺めると、そこには優しい笑顔を浮かべながら三人で肩を寄せ合う、かわいらしいお地蔵様の姿があった。

なんでもこの良縁地蔵は境内に三か所あり、全部見つけると良縁に恵まれると言われているらしい。早速見つかった一か所目をスマホのカメラに収める蒼井くんを見て、隣でカメラを構えていた牧田さんが目を丸くした。

「蒼井くんって、こういうの興味あるんだ」

「あるよ。そりゃ人間だし、ご利益は欲しいでしょ。良縁に恵まれますようにってね」

「おお……悠斗が言うとなんかほんとにご利益ありそうだな」

そんな会話をしながら、ほんわかと和む笑みをたたえたお地蔵様をそれぞれがスマホのカメラに収め。私たちはあと二か所のお地蔵様の姿を捜しつつ、この時期有名な紫陽花の散策路へと向かった。

そんなこんなで早朝から平和だったこの校外学習で、私は柄にもなくすっかり気を抜いてしまい――この時はまだ、この先に待ち構えている出来事のことなど、知る由もなかったのだった。

私たちが校外学習のルートとして選んだのは、長谷寺から巨大大仏で有名な高徳院《こうとくいん》へ、そして最後は鶴岡八幡宮という黄金ルートだった。

校外学習とはいっても生徒の自由行動だから、その地点を回る間にも名物のしらす丼や海鮮丼、小町通りのお団子や豚まんじゅうを食べたり、土産物屋さんを回ったり。

ひとしきり堪能して最後の鶴岡八幡宮に到着して解散。そしてその後はいつも通り、私と蒼井くんは硝子館に向かう……はずだったけれど。

「あの、ちょっと話したいことがあって」

牧田さんに引き止められ、私と蒼井くんはまだ八幡宮の鳥居付近で佇んでいた。

少し不安げな表情でカバンをがさごそと探っていた牧田さんは、おずおずと何かを手のひらに載せてこちらに差し出してくる。

「これなんだけど」

彼女の手の上には、先日蒼井くんが渡した『鍵』が載っていた。いつも通りの展開と言うべきか、その持ち手の部分に嵌め込まれた鮮やかな青い石には、薄くヒビが入ってしまっている。

「あれ、表面が割れてるね」

蒼井くんが純粋に驚いたと言わんばかりの口ぶりで首を傾げ、対する牧田さんは申し訳なさそうに肩をすくめた。

「そうなの……この前ちょっと傷がついちゃったかなって思ってたら、今日はもうこんな感じになってて」

何かが引っかかるような、違和感があった。ヒビが入っているとはいえ、その傷はまだ浅い。私が今まで見てきたお客さんが店に「直してほしい」と持ち込んできたものよりも、だいぶ浅いのだ。それに。

私は反射的に牧田さんの耳を見る。黒髪ロングの髪形で見えづらいけれど、耳元の宝石はまだそこにあった。

まだだ。まだ、蒼井くんが渡した石は役目を果たしていない……！

「うん、やっぱりこの傷だとまだちょっと早いな」

私の考えを読んだかのように蒼井くんが隣で呟く。いったいどうするのだろう、と思っていたちょうどその時だった。

「あれ？　委員長じゃん」

背後から聞こえてきた男子の声に、牧田さんがはじかれたように顔を上げ、振り向いた。私たちもつられて即座にそちらへ顔を向ける。

「え」

ひゅっと牧田さんが息を呑む音がした。私と蒼井くんは顔を見合わせ、私たちの目の前に立っている二人の男子をまじまじと見る。声をかけてきた男子二人組は、朝倉くんと山下くんではなく、全く知らない人たちだった。着ている制服も違うから、他校生だろうという推測しかできない。

牧田さんの知り合いかな、それにしてもこの人たちもその呼び方なんだ。そうさらっと思っていた私は、続く牧田さんの言葉のトーンに驚いた。

「……久しぶり。何か用？」

怯えたような、拒否したがっているような。牧田さんの口から出たのは、固い声だった。

そんな彼女に対して、その他校の男子は「おお、怖」と肩をすくめた。

「懐かしい顔だなと思って、声かけただけなんだけど」

自意識過剰じゃね、というひそひそしたやり取りがうっすらと聞こえてきた。

――この人たちの言葉のトーン、なんとなく感じが悪い。隣をちらりと見ると牧田さんの唇が小刻みに震えているのが見えて、私はとっさに彼女の肩に手を置いてこう言った。

「明美、もうすぐ時間なんだけど……行けそう？」

「え？」

目を丸くして私を見る牧田さんの背中を蒼井くんがにこやかに押す。

「え、あの、蒼井くん？」

とまどう牧田さんに「もう夕方だし急ごう」と蒼井くんが微笑みかける。どうやら彼も、私の猿芝居に乗ってくれるらしい。

「あの、どなたか存じ上げませんが、牧田さんは僕らとこのあと用事があるので。申し訳ないですが失礼します」

「あ……はい」

ぽかんとこちらを見ながら突っ立っている他校の男子二人に蒼井くんが天使のような笑みで話しかけると、二人は毒気を抜かれたように目を瞬かせながら頷いた。蒼井くんの笑顔の破壊力はすごい。

そのまま私たちは振り返らずに鳥居前の交差点を渡り、駅に向かうため、小町通りにすたこらと歩を進める。しばらく歩いていると、牧田さんはほっとしたように肩を落とした。

「び、びっくりした……」

「そりゃこっちのセリフかな。あの人たち、誰?」

蒼井くんが問いかけると、牧田さんは途端に顔を曇らせた。「中学の同級生」と、一言だけ端的に答えが返ってくる。

「そっか」

会話終了。蒼井くんはそれ以上追求せずに何かを考え込むように黙々と歩いているし、牧田さんも足を休めずに歩いているものの、そわそわして落ち着かない様子だ。

「あの、桐生さん」

「うん？」

そうっと消え入るような声で牧田さんに話しかけられ、私は首を傾げて彼女を見る。その途端、「やっぱりなんでもない」と言いながら牧田さんはぎこちなく視線をそらした。なんだか妙にやり辛くてたまらない。

「あ、あのさ」

私は立ち止まり、思わず声を上げていた。二人分の不思議そうな視線が注がれ、苦し紛れにこう提案する。

「休憩がてら、どっか入らない？」


私の唐突な提案にも、意外と二人はあっさりと賛同し。私たちは蒼井くんおススメのとあるカフェに腰を落ち着けていた。

鎌倉駅東口近くの「カフェ・ヴィヴモン・ディモンシュ」。おしゃれなおじさん二人が描かれた緑色の看板が目印だ。店奥のカウンターでは十数種類のコーヒー豆が売られていて、コーヒーの香りが店内にふんわりと漂っていた。

「牧田さん、さっきの鍵もう一回見せてくれる？」

丸テーブルを囲み、まずはドリンクだけ注文して一息つくや否や、改まった口調で蒼井くんが口火を切った。牧田さんは素直に頷き、カバンに手を入れる。

そして彼女はしばらくその姿勢のまま固まった。

「嘘……」

私は大体事態を察した。

「石が割れてるとか？　大丈夫、直せるよ」

静かに微笑みながらの蒼井くんのセリフに、牧田さんの目が見開かれる。

「ほ、本当？」

「勿論」

牧田さんがほっとしたように肩の力を抜いているのを見守っていると、ちょうど三人分のアイスカフェクレームが来た。氷はコーヒーを凍らせたものも入っているらしく、コーヒー豆の形をしているのがなんともかわいらしいドリンクだ。

美味しいカフェクレームで喉を潤していると、牧田さんは鍵を静かにテーブルの上に置いた。

「今見たらこうなっちゃってて……今日は迷惑かけてばっかりだね、ごめん」

鍵に嵌まった石には、今度こそ深い亀裂が入ってしまっている。蒼井くんはその鍵を手に取りながら首を傾げた。

「迷惑なんてかけられたっけ？」

「うん。さっきもあれ、二人ともわざと言ってくれたんでしょ。正直すごく助かった」

牧田さんが私に笑いかけて気まずそうに頬をかく。

「う、あれはわざとらしくてごめんだった」

今更ながら結構ばればれな口実だった気がしてきて、私は苦笑いで答えた。隣で蒼井くんが大きく頷くのが視界に入る。

「だな。違和感しかなかった」

失敬な。なんだかんだ言って蒼井くんだって乗ってくれたじゃないか――なんてことはひとまず置いといて。

「あの、むしろあの人たちとの話、ぶった切っちゃったけど、だいじょ――」

「大丈夫、もう大助かり。あの時、頭真っ白になっちゃってたから本当に助かったの」

私の質問を遮って食い気味に答える牧田さん。彼女はカフェクレームの中のコーヒー氷をカラカラと揺らしたあと、大きなため息をついて肩をすくめた。

「さっきの人たち、私のトラウマみたいなもんなの。忘れたい中学時代のね」

私と蒼井くんは顔を見合わせる。私に向かって軽く頷き、蒼井くんは牧田さんの方へ顔を向けた。待って、今のはなんの頷き？

「それって、この前言ってたメールの件と何か関係あるの？」

私が頷きの意味に首を傾げていると、蒼井くんは突然核心に迫るような質問をし始めた。

牧田さんは迷うように視線を彷徨《さまよ》わせてからなぜか私を見て、ややあって軽く頷く。

「そう。中学の時の生徒会選挙でちょっとやられちゃってね。……裏でチェーンメール流されてたんだ、私」

「へ？　チェーンメール？」

「受信者に対して他者への転送を促すメッセージ、特に巧妙な文面を用いて受信者に不特定多数への転送を促すやつのことだな」

唐突なワードに戸惑う私に蒼井くんが説明してくれる。いやその内容はもちろん知っているけれども。

「そう、それ。誰が流したのかなんて今更もう知りたくもないけど、『牧田明美は教師からのポイントと内申点稼ぎの偽善者。投票するな』ってメールが、全校に出回ってたんだって。ちなみにその生徒会選挙では落選した。クラスの男子がご丁寧に教えてくれたのよ、実は裏でこんなメールが回ってたぞって。……選挙も何もかも、全部終わった後にね」

牧田さんは一息に言ったあと、黙々とカフェクレームを飲む。私の視線は無意識にひび割れた青い宝石の方へ向いていた。

「そりゃあ悪意ある教え方だな。全部終わった後っていうのがまた」

「……って、すごい思った。追い打ちみたいに今更知らされたってどうしろっていうのよ、って思ったもん。知らぬが仏って言葉がぴったりな状況、これ以上にある？　って感じだった」

蒼井くんの呆れ声まじりのコメントに、牧田さんが苦笑して肩をすくめる。

「それがまさにさっきのあの二人だったから、びっくりしちゃって」

そんなことが、あったのか。さっきの二人の男子生徒を思い出すと、今しがた口の中に入れたコーヒーの苦みが増した気がした。

「ねえ、桐生さん」

「はい!?」

突然指名され、私は驚きつつ牧田さんの顔を見た。彼女は頬杖を突きながら、こちらをしげしげと見つめている。

「私ね、すごく嬉しかったの。桐生さん、一度も私のこと『委員長』って呼んだことないでしょう」

「う、うん」

私はぎこちなく頷いた。――クラスでの彼女のあだ名は『委員長』。みんなそう呼ぶけれど、私は彼女をそう呼んだことはない。

それは、私自身に小さな抵抗があったからだ。だって私は、その呼び名で呼んでいいのか、彼女に聞いていなかったのだから。

「中学の時に流されたメールもさ、あながち的外れじゃなかったの。優等生なんて外面だけ、本当は誰より評価されたい、信頼されたい……私はつまり、見栄っ張りだったんだから」

彼女はカフェクレームの表面を見ながらぽつぽつと話し始めた。

下に弟や妹がいたから、世話を焼くのは慣れていた。そして人より少しは頭の成長も早かったから、小さいころから大人によく言われていたという。

──偉いのね。お利口さんだし、ほんとにしっかりしてる。

あれはとてつもなく甘い響きだった。下の子の世話につきっきりになる忙しい両親、ガキ大将の対応に振り回される小学校の先生、みんなが口々にそう言ってくれて。

──その言葉が、もっと聞きたい。

二重跳びが連続で跳べるようになれば、もっとびっくりさせられるかなあ。ピアノをうまく弾けたら、学校のテストで一位を取れば、学級委員長になれば、生徒会役員になれば……。

──もっと、もっと、私を見て。

そうじゃないと、自分の存在意義が見出せない。

褒められるたび、嬉しくなった。まるで、自分がここにいていいという承認を得られた気がして。

でも、「何か」が違う。ボタンを一つだけ掛け違えたような引っかかりは、常について回った。違和感はだんだん大きくなった。

「自分を実態の器よりも良く見せかけたって、擦り切れて疲れていくだけ。自分と違う生き物になろうだなんて、バカだった」

——『お姉ちゃん』は本当にしっかりしてるわね。あら、学級委員長にもなったの？　お母さんも鼻が高いわ。

うん、頑張るよ。だって私が頑張ると、皆の前に立てるようなことをすると、パパもママも喜んで褒めてくれるから。

でも、本当は。

その場にいるだけで存在が周りから祝福されているような、かわいらしくて甘え上手な妹や、運動ができて格好いいともてはやされる弟が、羨ましかった。

「でも、認めてもらえる方法が、他に分からなくて」

——『お姉ちゃん』、高校はどうするの？　うちは弟も妹もいるから、申し訳ないけどお金もかけられないし、内申で高い点数取って、いい公立高校に行くのが一番よね。

分かった。家族に負担をかけないように、私、頑張るから。

——役割をこなせば、認めてもらえるように頑張れば、私、ここにいてもいい？

「ああ、何してるんだろうって思った。でも、そう思った時にはもう遅かった」

そう思った時には、自分自身が勝手に築き上げてきた、「いい子」で「優等生の委員長」の像から抜けられなくなっていて。

——どうしたの、らしくないじゃん、『委員長』。

自分が本当にしたいこと、言いたいこと。それがどんどん出せなくなっていく。

それに抗えない自分自身が、途方もなく辛くて、こんなにも情けなくて。

「結局どうすることもできないままずるずるやってきて、役割にしがみついてきて。そうやってなんとかしがみついてたところに、生徒会選挙でのチェーンメール事件が起きたの」

——『委員長』さ、裏でなんて言われてるか知ってる？　こんなメール、流れてたんだぜ。

ああ、一瞬。こんな一瞬で。

「お前なんて要らない」と、世界から突きつけられた気がした。

「私が必死であがいてきたことって、なんだったんだろうって。こんなにもあっさり、出所すら分からないメール一つで、吹っ飛ぶものなんだって、愕然とした」

牧田さんは目を伏せながら、持っているグラスを軽く揺らす。

「高校ではもうそんなこと嫌だって、思ってた、のに」

そうか。牧田さんの耳元に見える、くすんだインペリアルトパーズ。あれが見え始めたのは、牧田さんの身にそれを思い起こさせることが起こったからだ。

「……生徒会に先生から推薦されてるって話か」

蒼井くんがぼそっと言うと、牧田さんは顔を伏せながら微かに頷いた。彼女は唇を震わせ、途切れ途切れに言葉を絞り出した。

「で、でも私、もうやらないって、決めたの。わ、私……」

がばっと顔を上げた牧田さんの目が、私の目をまっすぐとらえる。

「信じてほしいの、私は確かに見栄っ張りだけど、人から恨み買うようなことはやったことない。う、裏でメール流されるくらい恨み買うようなことなんて、したこと、ないの……！　だから」

「牧田さん、大丈夫。そんなことしないってよく知ってるよ。それに、牧田さんが反省することなんて何もない。そんなメールを自分だけ隠れて匿名で流す方、それを鵜呑《うの》みにして信じたり、おもしろがったりする方が絶対に悪い。自分をそんなに責めないで。今まで、こんなに頑張ってきたこと、誇っていいよ……」

気にしなくていいことだってすごく気にして、わざわざ謝ってくれるくらいのお人好し。背負わなくていい面倒な仕事だって背負ってしまうその彼女の姿を、私は見てきている。

それにもう一つ、彼女の心の宝石であるインペリアルトパーズの石言葉の一つは――『潔白』なのだから。

「ありがとう、話しづらいこと話してくれて」

俯いている牧田さんの背中をそっとさすっていると、隣の蒼井くんから肩を軽く叩かれた。何かをテーブルの下で差し出され、そっとそちらに目を向けると、その手のひらの上には先ほど牧田さんから預かった『鍵』があって。

その『鍵』の持ち手部分に嵌まった宝石は、真っ二つに割れていた。さっきは深い亀裂、そして今度は完全に真っ二つ。つまり、メンテナンスが完了したということだろう。

私が顔を上げると彼は静かに頷き、自分のカバンの中から新しい『鍵』を取り出した。

「そんな牧田さんに、新しいお守り」

「お守りって……？」

「実はこの前渡したこの鍵、キーヘッドについている宝石はアウイナイトって石なんだ。石言葉は『過去との決別』、『卒業』、『励まし』。……きっと、ぴったりだと思う。これ、新しいやつね」

はい、と蒼井くんが牧田さんの眼前に鍵を差し出した。ごく自然な流れで出してきたけれど、用意がいいな。

この宝石、アウイナイトっていうのか。牧田さんは混じりけのない澄み切った鮮烈なブルーの宝石が光っているその鍵と蒼井くんをぽかんと見比べた後、ロボットみたいな動きで呆然と鍵を受け取る。

「あ、ありがとう。いいの？」

「どういたしまして。勿論」

「これ、お代は……」

「もう貰ったから要らないよ。それより、美味しいものでもパーッと食べようよ。ここはムケッカっていう料理がおススメなんだ」

笑顔で言いながら蒼井くんがメニュー表を持ち上げる。「え、払ったっけ？」と首を傾げる牧田さんを前に、私は慌ててさえぎるように蒼井くんへ質問する。

「へえ、ムケッカってどんな料理？」

「ブラジルの魚介シチュー。辛くないタイカレーみたいな感じかな」

「え、なにそれ美味しそう」

私と蒼井くんの会話に、牧田さんが乗ってくれる。さっきよりも少しだけ元気が戻ってきたような声色に、私はほっとした。

結局ムケッカを三人分頼み、私たちはカフェクレームに口をつける。コーヒー豆の形をしたコーヒー氷のおかげか、カフェクレームは時間が経っても味が薄まることなく、美味しいままだった。

蒼井くんがおススメするだけあって、ムケッカは何度も味わいをかみしめたくなるくらい美味しかった。魚介の他にトマトやにんにく、玉ねぎなどを水を使わずに煮込むのが特徴だというシチューを、ライスと一緒に食べるのだ。ココナッツミルクの風味とパクチーがきいていて、薬味にはパルミットと呼ばれるヤシの新芽やライム。マイルドなだけでなく後を引く味で、私たちは満足感に浸ってカフェの外に出た。

「さて、そろそろ帰ろうか」

蒼井くんがそう言うのももっともで、時刻はもう十七時半だった。鎌倉駅の方へ歩き出す彼を追おうと足を踏み出した私は、袖を軽く引かれる感触でその場に立ち止まる。

「どうしたの、牧田さん」

「桐生さんに、頼みたいことがあってさ」

そう言って彼女は、深呼吸を一つ。

「苗字じゃなくて、これからは名前で呼びたいなって思ったんだけど、その……どう、かな」

いつもは凛としている牧田さんが、頬をかきながらおずおずとそう提案してきた。その言葉を理解するまでに数秒要してから、私は自分の頬が緩んでくるのをじんわりと感じる。

「勿論。あ、でもごめん、私さっき勝手に呼んじゃったんだった」さっきの他校生の前で、あのわざとらしい口実を繰り出した時に。

「そっちのほうがいいの。ありがと。……私、人に名前で呼んでもらいたかったの。『委員長』とか『お姉ちゃん』とかの、肩書とか属性じゃない、私自身の名前で」

そう言って軽やかに黒髪を翻しながら、牧田さん、いや、明美は歩き始めた。歩くとすぐに私たちは鎌倉駅に着き、彼女はそのまま改札を通り抜ける。

「また明日ね、蒼井くん、更紗」

「うん、また」

私と蒼井くんは手を振りながら改札内へと消えていく彼女を見送る。明美の姿が完全に見えなくなると同時に、蒼井くんがこっちを見下ろして言った。

「いつの間にか名前で呼ぶようになったんだ？」

「さっきちょっとね」

私は頭をかきながら答える。「なるほど、『友情』に『友愛』ね」という呟きが聞こえたけれど、なんだかちょっとこそばゆいので聞こえないふりをした。

「呼び方と言えば、蒼井くんもずっと『牧田さん』呼びだったよね」

そういえば、と私が指摘すると蒼井くんも頭をかきながら頷いた。確かに、彼が明美に対して『委員長』と呼んでいるところは聞いたことがない気がする。

「言葉だけじゃなく、呼び方って、人にとっちゃ凶器にもなるからな」

彼が小さく言った言葉の内容に、私も大きく頷く。

本当に、その通りだ。私はそれを、よく知っている。

だから私は、「あだ名」が苦手なのだ。高校生になった、今でもずっと。

「桐生さん」

しばらく思考の波に漂っていた意識が、私の顔を覗き込んでくる蒼井くんによって現実に引き戻される。

「は、はい！　びっくりした……」

私が一歩後ずさると、彼は大きくため息をついた。

「……何か、思い出した？」

「え？」

質問の意図が分からない。私が間の抜けた声を出すと、彼は苦笑して肩をすくめた。

「なんでもない。それより、疲れたろ。……しばらくバイトは休みにして、ゆっくり休んで」

「へ？」

「今日ももう、来なくて大丈夫だから」

それじゃ、と片手を上げて蒼井くんが私に背を向ける。

「え、ちょっと待って、全然状況理解できないんだけど……！」

いくらなんでも、唐突すぎやしないか。私、何かしたっけ？

慌てて蒼井くんを追いかけて隣に並ぶも、彼はすたすたと何も言わずに歩き続ける。どう考えても様子がおかしい。

「さすがに何も聞かないで休むわけには」

「俺が、そうして欲しいんだ」

ピリッとした蒼井くんの答えに、私はたじろぐ。取り付く島もない、そんな雰囲気の声だった。

「……どうして？」

「しばらく色々考えたいから。……また、連絡するから。ごめん」

そんな声で謝られると、どうすることもできない。どういうことだと理由を問いかけたかったけれど、言葉が出なかった。

蒼井くんの背中がまるで「ついてくるな」と言っているみたいで。

さんざめく鎌倉駅前の人ごみの中で、状況も理解できないまま、私は一人立ち尽くしていた。

第四話・硝子館の『護り石』

なんで私、ここに来てしまったんだろう。どうしてこんなに、懐かしい感じがするんだろう。

目の前に広がっているのは青々とした一面の海。海と空、二つの微妙に異なる青さがグラデーションとなって視界いっぱいに広がり、どこまでも澄み切って青い景色だった。

そしてそれを、私は駅のホームから眺めている。

「隼人さんも、無茶なこと言うなあ……」

そう呟きながら、とりあえず駅のホームに備え付けられたベンチに私は座った。

駅のホーム上には、私以外の人間はいない。ここ、江ノ島電鉄《えのしまでんてつ》の『鎌倉高校前《かまくらこうこうまえ》』駅は無人駅。しかも今は平日の十五時だ。私はぽつんと一人、ホームから海が見えるこの場所で座っていた。

ある人を捜すために、私はここにいる。短いようで実は長かった今までの道のりを、私は思い返していた。

校外学習が終わってから、蒼井くんは何か変だった。

彼に突然「しばらくバイトは休みにして」なんて言われてから数日後、私は静かに戸惑っていた。もともと学校では彼とはあまり話さないが、なんだかんだそれまでは頻繁に来ていた彼からのスマホへのメッセージもぱたっと止み。私は、蒼井くんの親切に甘えていた自分をひしひしと痛感していた。

――前までは、彼からスマホに送られてくる短いメッセージに返信したり、硝子館のバイトで話せたりしていたけれど。

蒼井くんが席で教科書を机の中に片付けている様子をちらりと見やってから、私は内心ため息をつく。

もし私があの場所を訪れ、バイトとして働くことになっていなかったら。

「本来なら接点がないはずの人だったんだなあ……」

つい先日、天気予報では梅雨の到来が告げられ、梅雨前線の影響で窓の外はどんより重く垂れ込めた雲から雨がしとしとと降っていて、私の気分もますます降下中だ。その上、自分で呟いた言葉が結構心に来て、私は昼休みになったばかりの教室で自席の机に突っ伏した。

「更紗、何ぶつぶつ言ってんの？」

声と共に、うつ伏せになっている私の頭の上に何か固いものが載る。探り手をすると、四角くて布に包まれたものが手のひらに触れた。この感触は、お弁当箱だ。

「お昼食べよ。お腹すいちゃった」

聞き覚えのある声に顔を上げると、明美が私の机の上にお弁当箱を置き、近くの席から椅子を引き寄せているところが視界に入る。

「なんか元気ない？　どうしたの？」

お弁当箱を包むランチクロスをほどきつつ、明美が首を傾げた。さらさらの黒髪の間から見える耳には、もうあのくすんだピンクグレープフルーツ色の宝石はなくて。私はほっとしつつ、「ううん、なんでも」と言いながらカバンからお弁当箱を取り出した。

「なんでもないって顔じゃないけど」

「心配ありがと。梅雨でちょっと気分が上がらないってだけだから全然平気」

私はお弁当箱の蓋を開けながら手を左右に振って見せた。

「そう？　まあ梅雨って湿気すごいし雨はずっと降ってるし、気分落ちるのも分かる気がする」

「でしょ？」

二人で頷きながら、私たちは密やかに笑う。正直、明美のその笑顔を見て私はさらに安堵した。

校外学習の帰り、カフェで聞いた彼女の話。あの一件のあと、私が彼女のことを『明美』と呼ぶようになったのが契機になったのか、クラスの間でも彼女を名前で呼び出す人がちらほら出始め。

なんでも、聞いた話では、「私も名前呼びしていい？」と恐る恐る聞いたクラスの女子に、普段は凛とした彼女がはにかみながら「うん。そっちの方が好きかも……」と答える姿が、とてつもなくずるいギャップでかわいいと評判になったとか。

そんなこんなでクラスメイトとの距離も縮まったようだし、明美もよく笑うようになったし、彼女がこうして笑顔でお弁当をつついている姿を見るのは私も嬉しい。

……というのを、蒼井くんにも報告したい気持ちはあったのだが。いかんせんバイトに入っていないと何も関わりがないから、彼と話をする機会がないままだ。

駄目だ、また思考が元に……！

「そういえばさ、この前更紗がこれくれたじゃない？　ずっとお守りにして持ち歩いてるの。なんか元気貰える気がして」

頭の中だけで唸り声を上げていた私は、明美が話しかけてくる声で我に返る。目の前に焦点を合わせると、明美は制服のポケットからあるものを取り出し、私の前にそれを差し出した。

鍵だ。アウイナイトが光っている鍵。石は前と変わらない輝きを放ち、壊れてもいない。また安心の波に浸りかけた私は、少しの違和感に首をひねった。

「ん、私が？」

私があげた？　それはちょっと、いやだいぶ違う。私というか、それを明美に渡したのは彼のはずで。

「そう。この前の校外学習の帰り道、カフェに寄って二人で話したときに」

だんだん混乱してきた。私が覚えている限り、校外学習の後にカフェに行ったのは私と明美、そして蒼井くんの三人。アウイナイトの鍵を渡したのも蒼井くんだ。

——さっきから、蒼井くんのことが話に出てこない。

まるで、最初からいなかったかのように。

無意識に視線が揺るぎ、私は蒼井くんの席の方を見やる。彼は彼で、男子数人と笑いながら自席でお昼を食べていて。そこに彼が実在していることに、ひとまずは胸をなでおろす。彼が実は幽霊でした、なんて線がとりあえずないことは分かった。

「私たち『だけ』で行ったとき、だよね？」

「そうだよ、私が落ち込んでるところを更紗が誘ってくれてさ、駅前に良いカフェ見つけて二人で入ったじゃん。あの時話聞いてくれたから、色々吹っ切れた気がしたのよね」

私が念押しとも疑問形ともとれる口ぶりで質問すると、明美はお箸をカニのように動かしながら大きく頷いた。

どうやら彼女の記憶の中では、この前の校外学習の帰りにカフェに一緒に行ったのは私一人だった、ということになっているらしい。彼女の話に相槌を打ち、不自然だと思われないように注意しつつ聞き出したところによると、明美が心の底からそう思っているのは確実だった。

これはいったい、どういうことか。視界の隅に蒼井くんの姿をとらえ、後で彼に聞いてみよう、なんて思いながら私はその日の午後を悶々と耐えることになった。

明美の記憶と、私の記憶との食い違い。なぜそんなことが起こっているのかとにかく確かめたくて、放課後になった途端さっさと一人で教室の外へ出ていった蒼井くんを、私は追いかけた。

「蒼井くん」

がやがやとさざめく放課後の廊下で彼の名前を口にすると、彼はゆっくりとこちらに振り向いた。

よかった、無視されない。

そう思ってしまった自分がなんだかやるせない。と思ったのも束の間、私は次の瞬間、その場に立ちすくんだ。

「何？」

短く、淡々と蒼井くんが疑問詞を口にする。

――違う。今のは、「拒絶」だ。

そう直感的に悟ると同時に、私は思わず目を見張る。彼の左胸のあたりに、視線がくぎ付けになる。

――どうして。どうして、彼の胸にまた「あれ」があるのだろう。

蒼井くんはいつもの笑顔ではなく、真顔でこちらを見つめている。その表情でさらに私は続く言葉を言えなくなった。怖くて蒼井くんの顔が正面から直視できない。

どうしてだろう、つい最近までは普通に話せていたのに。どうして急にこうなるのか分からない。

そして改めて痛感した。自分が、無知だということを。

私は蒼井くんのことを、何も知らない。はちみつが好きで、普段は物腰柔らかで、宝石魔法師で……。でも彼が時折見せる表情の意味や叔父さんとの関係、そして今まで何を思いながらあの店にいたのか。しばらく一緒にいたのに、私は彼のことをほとんど何も知らないのだ。

そう思うと、急に臆病になった。

「……あ、えっと……なんでもない」

自分から呼びかけたくせに、私はそう言って曖昧に笑みを浮かべる。蒼井くんは怪訝そうな顔をして「そっか」と言っただけで、踵を返して歩いて行ってしまった。

彼の淡々とした受け答えと臆病な私。どうして今聞いてみなかったのだと問われても、「怖かった」と言うことしかできない。

怖かったって、何が？

「ううん、それよりも今のあれよ。どうしよう、言わなくちゃ」

言わなくちゃって、誰に？　自分の内側で声がする。

今の私に、蒼井くん本人に直接言う勇気はもうなかった。でも。

「言わなくちゃ、隼人さんたちに」

蒼井くんの左胸に見えたもの、それは。

深い緑や青が入り混じったような色が微かに残る黒い宝石。私が最初、あの硝子館で出会ったときに彼に着いていた、あのブローチ。前に見た時よりも色が格段に暗くなっている宝石が彼の制服の胸に着いていたのを、私はさっき目の当たりにしたのだった。

とはいっても、あのまま蒼井くんは硝子館へ今日も行くだろうし、今の私がいきなり硝子館に押しかけるのは迷惑すぎる。蒼井くんのさっきの表情に耐えられる自信もない。

「どうしたもんかなあ……」

頭を悩ませつつカバンを取りに教室へ戻り、とりあえず私は学校を出ようと歩を進める。

帰路につく生徒たちに交じってひとまず傘を差して校門へ向かっていると、なにやら周りが少しざわめいていて。私は顔を上げ——驚きのあまり、その場に立ち尽くした。

校門の前に、やたら目立つ長身の男がいる。艶やかな黒髪に青色の目の、整った顔立ちのその男は、校門の手前でぼけっと立つ私を認めると、藍色の傘の下で緩やかにこちらへ手を振った。春物のネイビー色のフレンチリネンの七分袖シャツとジーンズの取り合わせを着こなし、その美貌が遠目にも分かる彼は、明らかに周りから浮いている。

「……っ！」

ティレニアが、青年姿で立っていた。しかも彼は私のことをちゃんと認識しているのがその手の振り方から分かって、私はそれで何も言えなくなってしまう。私は言葉を失ったまま、つかつかとその男に向かって突き進んだ。周りの目を気にしている余裕はない。どんなタイミングかは分からないけれど、ちょうどよかった。

「久しぶりですね、更紗……って、どうしました？」

私のただならぬ様子に驚いたのか、ティレニアが傘を傾けながら目を見開いてこちらに屈み込む。

「実は、」

言いかけた言葉を私は呑み込んだ。事情が分かってくれそうな人が側に来た途端、やっと自分のいる場所を思い出したのだ。さっきから周りの、特に通り過ぎる女子の視線が痛い。今日が雨でよかったかもしれない、なんてことをぼんやり思いながら、私はその場から歩き出した。

「どうしたんです」

ティレニアの声が追いかけてくる。私が身振りで通学路から少し外れた住宅街の方を指すと、彼は意図をくみ取って黙ってついてきてくれた。

「さっきの場所だとちょっと目立つから」

「ああ。だから僕、じろじろ見られてたんですかね。明らかに高校生ではありませんし」

ティレニアがきょとんとした顔で頷く。多分見られていた理由はそれだけじゃないと思うけれど、それはともかく。

しばらく行ったところで立ち止まり、私は事情を説明した。

明美と私の記憶の食い違いのこと、蒼井くんの胸に見えたブローチの宝石のこと。私の話に耳を傾けながら、ティレニアの表情がどんどん曇っていくのが分かる。

「……そうですか。やっぱり」

「やっぱりって何が？　何か知ってるの？」

私が勢いよく問うと、ティレニアは困ったような顔でため息をついた。

「ちょっとこちらも色々ありまして。悠斗が硝子館に最近来なくなっているんです」

「え……」

蒼井くんが？　私は頭の中に疑問符を飛ばしつつも、ティレニアがなぜここに来ていたのかの理由に思い当たって納得した。

「そっか、だからいきなりここに来たのね」

ここで待っていれば、蒼井くんに会えると思って。だと思ったのに、ティレニアは黙って首を振って否定の意を示す。

「いえ、僕の用事は更紗の方です」

「私？」

いったい、なんの用事があるというのだろう。思い当たる節がない私は、ティレニアがズボンのポケットから何か取り出す様子を、息をひそめて見守った。

「これ、しばらく持っていてください」

そう言いながら手渡されたのは、黒いビロードでできた手のひらサイズの袋だった。逆さにして中のものを手のひらに出すと、深緑色をした光る石が転がり出てくる。

「これを？　どうして？」

「まあ、いいからとにかく持っていてください」

私の頭に手を置いて笑った後、ティレニアが「では」と身を翻す。次の瞬間、ポンという軽い弾けるような音のあとにその場に立っていたのは、青い目をした黒猫で。後を追うように、藍色の折り畳み傘が開いたまま私の目の前に転がってきた。

「え、ちょっと」

私が止める間もなく、猫は恐ろしい勢いで走り去っていく。私は呆然と立ちすくんだまま、黒猫が一瞬で視界から消えていくのを見送るしかなかった。

さっきからよく分からないことの連続だ。意味が分からない。

「……とりあえず、帰ろ」

私はティレニアが放置していった傘を拾い上げ、たたみながら呟く。帰って食材を買いに行って、ご飯を作ってお母さんの帰りをじっと待とう。硝子館でのバイトを始める前までみたいに。そうしよう、と自分に言い聞かせて、私は自分の帰路へと足を踏み出した。


家に帰って普段着のジーンズと黒のサマーニットに着替え、私は外に出る。外はまだ霧雨が降っていて、私は傘を差しながらスーパーに向かって歩き出す。

ポケットに入った黒い袋からティレニアに渡された石を取り出し、私は歩きながらそれを、自分の頭上の雨雲から透ける微かな光にかざして見た。

太陽が照っているわけではないけれど、スクエアカットを施されたその深緑色の宝石は、半透明の色の中に柔らかくその光を内包してそこに佇んでいる。

「これなんだろう……エメラルド？」

いかんせん本物の宝石なんてあの硝子館で見たもの以外、じっくり見る機会などなかった。エメラルドと言ってみたのは、それが綺麗な緑色をしていることで有名な宝石だからだ。ティレニアに渡された石がそれなのかどうかは、私には分からない。

どうして持っていろと言われたのかも全然分からないけれど、きっと意味があるのだろう。私は石をそっと黒い袋の中に戻した。

しばらく歩いて近場のスーパーにたどり着いた私は、今日の夜ご飯の買い出しをさっさとすませ、もと来た道を戻る。

――なんだか、変な感じだ。

スーパーのバイトは毎日入っているわけじゃない。最近スーパーのシフトの日以外はほとんど、学校から直接硝子館に行ってバイトをして、急いで買い出しをして夕ご飯を作っていると、すぐお母さんが帰ってきて。目まぐるしかったけど、すごく、すごく。

すごく、……なんだろう？

「あら？　この前のお店の子じゃない」

物思いにふけっていた私は、斜め後ろから聞こえてきた声に驚いて振り向いた。どこかで聞いた記憶のある声だと思いながらその主らしき人を見て、「え」と言いながらその場に立ち止まる。

「ミナトさん……？」

紅いパイロープガーネットの、お客さん。前に見た時のミディアムロングくらいの黒髪を、今はキリッとしたショートカットに切り揃え、細身のカーキパンツと白トップスのキレイめカジュアルな服装でミナトさんがそこに立っていた。

「あれ、私、名前言ったことあったかしら？」

きょとんと首をひねる彼女の言葉に、私は慌てた。私はたまたま道端で彼女の名前を聞いて一方的に知っているけれど、確かにミナトさん自身が自分の名前を名乗ったことはなかったかもしれない。

「ああ、でも言ったかもね。あの頃色々いっぱいいっぱいで、あんまり記憶に残ってないのよね……ごめんなさい」

私が何かを言って弁解しようとするよりも先に、ミナトさんは一人うんうんと頷いて納得してしまった。

「い、いえ、私も突然すみませんでした。あの、お久しぶりです」

慌ててお辞儀をしながら挨拶を述べる。ミナトさんも「久しぶりね」と言いながら目を細めてふわりと笑った。

「偶然、会えてよかったわ。この前は本当に、ありがとう」

ミナトさんはそう言って、私よりも深々と頭を下げる。

「いえそんな、私は何も……」

色々したのは蒼井くんとティレニアだ。私が首を振ると、「何言ってるの」と言いながらミナトさんがこちらに身を乗り出してきた。

「私の話を聞いて相談に乗ってくれたじゃない。嘘つき女だって見破られたときは血の気が引いたけどね」

苦笑しながらミナトさんが肩をすくめる。対する私はその場に根が生えたように動けなかった。

今日学校で明美と話した時と同じ違和感が、私を襲う。

「私、あれから考え直したの。私は、私の大切なものを見失わないで済む場所に行こうって。もう嘘もついてないし、転職もできたのよ」

「転職、なさったんですか」

違和感を振り払い、私はミナトさんの話に聞き入った。

「ええ。場所を変えただけでこんなに環境って変えることができるのね。もう自分の話に価値がないんじゃないかってビクビクすることもなくなったし、今はもう大丈夫」

「そう、だったんですか」

晴れ晴れとした雰囲気の彼女の笑顔につられて、私も知らず知らずのうちに口角が上がっていく。ミナトさんはそんな私の前で、カバンから金色の鍵を取り出して私の方へ差し出した。

「このアイオライト、『進むべき方向を、迷わないように照らしてくれるお守りの石』って言ってくれたわよね。石言葉も調べてみたの。『目標に向かって正しい方向に前進』……。その通りだったわ。素敵、なんだか背中を押してもらった気がして」

護り石。お客さんに合わせて処方された、魔法の石。蒼井くんたちの話を思い出して、私はその通りだったんだとここで実感した。

でも、とじわじわとした違和感が私を少しずつ侵食していく。

まさか。

「あの、お守りの石だって言ったのは」

「あなたよ。なんだかその言葉にすごく惹かれちゃって……買ってよかったわ。これ、本当に綺麗でお気に入りなの」

私は呆然としつつ、彼女が言う言葉をただただ聞いていた。ミナトさんは私の手から下がった大きなスーパーの袋を見て、「ごめんなさい」と目を見開く。

「買い物帰りだったのね、邪魔しちゃった」

「いえ、それは全然……！　お会いできて、本当によかったです」

私の感じた違和感で、ミナトさんの笑顔を曇らせるようなことはしたくない。とにかく、かつてのお客さんの元気になった姿を見られたことは、すごく嬉しいことで。私は言葉に笑顔を込めて、そう述べた。

「ええ。本当に、ありがとう」

ミナトさんのその言葉に、私は笑顔で「こちらこそ、ありがとうございます」と答え。

彼女が手を振りながら去っていくのを見送りながら、私は彼女の話からも、恐らく記憶からも消えている『彼』のことを思い出していた。

――あのお礼の言葉は、君が受け取るべきものなのに。私じゃなくて、君が。


そう、思いながら。

違和感の理由を、知りたくて。明美の件と、ミナトさんの件。そしてティレニアが黙って置いていった傘と石。それを話したいのに、学校では蒼井くんと何も接点がないに等しい私は、彼に話しかけられずにいた。

話しかけられない理由は他にもあったけれど。

「更紗、昨日イケメンが更紗のこと校門前で待ってたって聞いたんだけど、マジ!?」

昨日ティレニアと校門前で会っていたところをどこかで誰かが見ていたらしい。この調子で私は事あるごとにクラスの女子陣から質問攻めにされていた。

明美の下の名前呼びが浸透すると同時に、よく彼女と一緒にいる私のことも名前で呼ばれることが多くなり。変なあだ名が付かなかったことに、私はほっとしていた。

が、それはともかく。

「いや、あれは全然そういうのじゃなくて」

私は首を振る。昨日は何も説明されずに石を渡され、取り残されただけだ。ちなみに石はポケットの中、傘はカバンの中。いまだにティレニアの行動の謎は解けていない。

「えー」

「それくらいにしときなって。更紗が本気で困ってる」

横から助け船を出してくれたのは明美だ。さすが明美さんと拝んでいると、彼女はキラキラとした瞳で私の方にずいと身を乗り出して口を開いた。

「で、どこの誰!?」

駄目だこりゃ。私はぐるりと目を回して教室の天井を仰いだ。

それからも休み時間の度に興味津々な目をしたクラスメイトから質問が投げかけられ、あれはバイト先の人で忘れ物を届けに来てくれたんだ、と苦し紛れに半ば本当で半ばでっち上げの答えを返し。一応みんな半信半疑ながら納得してくれたようで、私はほうほうのていで放課後を迎えることとなった。

噂の拡散スピード、恐るべし。昨日の今日で、もうこれだ。

「ああ、嘘ついちゃったな」

罪悪感を抱えて私は下駄箱へ向かう。硝子館に忘れ物なんてしていない。でもここでどうして事情を正確に説明することができようか。私にだって意味が分からないのに。

それに、魔法の石に、イケメン青年に姿を変える黒猫。素直に話したところで信じてもらえる内容でもないし、蒼井くんの家の事情を勝手に話すわけにもいかないじゃないか。

ため息をつきながら自分の下駄箱に手を伸ばしていると、誰かが隣に立つ気配がした。

「嘘って何が?」

私はその人影を確認して、その場に硬直した。

「あ、蒼井くん……」

「イケメンが校門前で待ってたんだって?」

蒼井くん、君もか。というかその「イケメン」はあなたのとこの黒猫なんですが。そう言おうとした矢先、彼はトンデモ発言をかました。

「彼氏できたんだ?」

「いや全然違うんですけど!?」

私は思わず大声を出して否定した。とにかくそれは違うし、ティレニアに対しても申し訳ないから誤解は解いておかねばならない。私の剣幕に引いたように、彼は一歩後ろに後ずさった。

「そうなんだ。まあ俺は、別にどっちでも関係ないけど」

苦笑しながら淡々と下駄箱からローファーを取り出す蒼井くんを見て、私は逆に恥ずかしくなってきた。

そりゃそうだ。あまりに蒼井くんの反応が淡々としすぎていて、自分が自意識過剰みたいで悲しくなってきた……。

「関係ないけど」と言われるとその後に何も言えない。気まずい気持ちになりながら靴を履いている間、蒼井くんはまだそこにいた。横目で見ても、まだあのブローチは彼の胸についたままだった。――その色はやはり、暗い。

そうだ、聞かなければ。

「あの、蒼井くん」

「よー悠斗、今帰りか？」

私が勇気を振り絞って蒼井くんに呼びかけるそばから、サッカー部の男子が数人、わらわらと下駄箱にやってくる。蒼井くんはそっちに目を向けて「ああ」と答えた。

「大変だな、梅雨でも校庭で練習か？」

「そ。ひどい土砂降りじゃなきゃどんなコンディションでも練習あんだよ。聞いてくれよ、これがさあ……」

男子同士の会話が始まった。ここに突っ立っているのはあんまり得策とは言えない。私は密かにため息をついて、一人学校の外へと向かった。

蒼井くんに話すタイミングを失った私の足は、硝子館の方角へと向く。

話さなければ、聞かなければ。ここ最近起こった出来事の理由を。

きっと彼らは、何かを知っている。でなければあんなタイミングでティレニアが待ち伏せをしているはずはないのだから。

私は鎌倉駅の方へ向かう。その先の小町通りの方へ、鶴岡八幡宮の方へ。そしてそのさらに少し行った先の、硝子館の方へ。

黙々と歩いているうちに、白と深いこげ茶色を基調とした、和モダンテイストな鎌倉駅の駅舎が視線の先に見えてくる。

そういえばここで蒼井くんがクレープを持って立っていたこともあったっけ。たぶん、滅多に見られない光景だったな。そう思うと自然と笑みがこぼれてくる。

——また、あの時みたいに美味しいモノを一緒に食べられる時が、来るのだろうか。このままだと、そんな時はもうきっと来ない気がする。

無性に心がざわついて仕方がない。気持ちの遣り場がなくて半ば睨みつけるようにして鎌倉駅を見上げている私の肩を、後ろから誰かが軽くトンと叩いた。

「こんにちは、この前のかわいい店員さん。学校帰り？」

「あ……」

振り返ると、目の前に。かつてのラブラドライトのお客さんが、そこに立っていた。

毛先がカールしたボブヘアは変わらない。違うのはその服装だった。グレーのスーツに黒いパンプス、黒いビジネスバッグ。そうか、この前会ったときは両日とも有休を取ったと言っていた。今日は違うみたいだ。

「こんにちは……！」

私が目を見開いて挨拶をすると彼女はにっこりと頷き、時計を見て顔をしかめた。

「あ、お仕事中ですよね」

「ううん、外回りの帰りなだけだから全然大丈夫なんだけど……一緒に行ってた人がなかなか戻ってこなくて。何してるのかしらあいつ」

肩をすくめながら彼女はため息をつく。でもそれは呆れたようなトーンではなくて、親しみを込めて「仕方ないなあ、まったく」と微笑むような暖かい声だった。

「お連れ様、ですか？」

「ええ。……実は、ここだけの話ね」

ラブラドライトのかつてのお客さんは、私の方に屈み込んで囁く。私がよく聞こうと身を乗り出した時、呼びかけてくる声があった。

「先輩、せんぱーい！」

黒いスーツの若い男性が、手を振りながら歩いてくる。爽やかなスポーツマンのような雰囲気のすらりとした男性が、まるでサッカーの試合で決勝ゴールを決めて凱旋《がいせん》してくる選手みたいな笑顔でこちらに向かってくる。

私の隣に立っていたラブラドライトの彼女は「あ」と声を上げて、彼の方に手を振った。

「遅いわよ、イッキ。何してたの？」

「これ美味しそうだったんで、ホームで電車待ってる間に食べようと思って。どれが好きですか？　さくら餡《あん》とかはちみつレモン餡、ずんだ餡とか、いろいろ変わり種があるんですけど」

黒いスーツの男性が持って来たのは、小町通りで人気の『和茶房《わさぼう》 鎌倉 さくらの夢見屋』という団子屋さんの、色とりどりの団子だった。それぞれ種類が違う団子のパックを見て、ラブラドライトの女性は驚いた顔で「そうだったの。随分色々買ってきたわね」と言った。

「いや、先輩どれが好きそうかなって考えてたらいつの間にか色々買っちゃってて」

ははは、と照れ臭そうに頬をかいた男性は、はたと私に視線を移し、目を丸くする。

「先輩のお知り合いですか？」

「そうなの。この前話したでしょ、私の愚痴に付き合ってくれた店員さん」

「ああ、その時の」

それだけで納得したように頷き、色彩あふれる餡の団子を持った男性は礼儀正しくお辞儀をこちらに寄越す。私も慌ててお辞儀を返すと、彼は笑顔で団子のパックを持ち上げて見せた。

「先輩から前に話を聞いたよ、本当にありがとう。君もよかったらこれ一つどう？」

いえあの、私は全然何も。そう言いかけて私はまたあの予感に、思わず口をつぐんだ。

「本当にすごかったのよ彼女。なんでもお見通しって感じで探偵さんみたいだったもの。ね、あなたもぜひ食べて……って、私が買って来たんじゃないけど」

いいわよね、と言いながらラブラドライトのお客さんが、イツキと呼んだ男の人を振り返る。

「良いも何も、俺が今言ったじゃないですか。もちろんです、ほらどうぞお二人とも」

今言われたばかりの言葉に滲む違和感の波のもとを捜そうとしながら、私は二人に促されて団子のパックを見る。さくら色、瑞々しいずんだ餡の緑色、しょうゆ団子の香ばしさ、それから……。

「私、ずんだ餡がいいな」

ひょいとお客さんが緑色の餡が載った団子を一つ取る。

「お、先輩、ずんだ好きなんですか？」

「うん、枝豆大好き」

「よっしゃ、先輩の好きなもん一つ覚えました」

お客さんは団子を持ち上げながら、イツキさんの顔を見て目を丸くする。その耳がみるみるうちに赤くなっていくのを見て、私はなんとなく様子を察した。

ああきっと、さっきお客さんが言いかけたのは。

『克服』、『成功の保証』、『幸運』、そして、『永遠の誓い』。蒼井くんたちが渡したラピスラズリの石言葉。

きっと、いい方向に進んでいるのだ、彼女の時間も。お客さんとイツキさんが交わし合う視線の温かさを間近で見ながら、私はそう思った。

「あなたもどう？　このはちみつレモンとか美味しそうじゃない？」

ほらほら、とお客さんが私に向けていくつか団子を差し出してくれる。その一つには、柔らかなレモン色の餡のものが交じっていて。

「あ、ありがとうございます……！」

私は促され、その菜の花みたいな色の餡団子を手に取った。

「私までご馳走になってしまって、すみません」

私が言うと、彼女たちは二人して手をぶんぶんと振った。なんだか動作が揃っている。

「いいのいいの、先輩がお世話になったお礼」

「会えて良かったわ」

じゃあね、と言いながら二人が改札へと消えていく。私はまた一つお辞儀をして彼女たちを見送り、手元の団子を見つめた。

はちみつレモンの餡。一口食べると、もちもちの団子と一緒に甘酸っぱいレモンの味と、その酸っぱさを中和してまろやかな味にするはちみつの優しい味が広がった。

「……美味しい」

私はそう呟き、早足でもともとの目的地へと向かって歩き出した。


「やあ、こんにちは。待ってたよ」

私が恐る恐る硝子館の重厚な扉を開けると、まるで私の到着を予期していたかのように隼人さんが立っていた。その足元には、ティレニアが黒猫姿で尻尾を揺らしながら座っている。

隼人さんの顔にはいつもと同じ如才ない笑みがたたえられていて、それが無性に安心感を与えてくれる。

私は確かに、ここにいたことがあるのだと。

「隼人さん、すみませんいきなり」

「謝るのはこっちだよ。ごめんね、甥が勝手なことをして」

隼人さんがそう言いながら、手に持っていた金色の懐中時計のようなものの蓋をパタンと閉じた。前に蒼井くんが持っていたところを見たことがある、アンティーク調の丸い金色の、コンパスだ。

「これかい？　これはコンパスだよ。この館の倉庫から出した宝石を持っている人の行方が追える」

私の視線に気づいたのか、隼人さんは手に持っていたその『コンパス』を軽く持ち上げながらそう言った。

「宝石を持っている人の行方が追える……」

私ははたと思い当たって制服のポケットを探り、石の入った黒いビロードの袋を取り出した。彼はそれを見て柔らかく頷く。

「そう、それそれ。その中に入ってる宝石、ダイオプテーズって言うんだよ。ギリシア語で『光を通してよく見える』。石言葉は、『再会』だ」

私はビロードの袋から深緑色の宝石を取り出す。

――石言葉は、再会。ということはまさか。

「会えたかい？　昔のお客様には」

私の考えを読んだかのように、隼人さんが私の手から宝石をひょいと持ち上げながら尋ねてくる。

「……はい」

この展開はあのダイオプテーズという宝石の力によるものだったのだと、今更ながら私は理解する。確かに不自然すぎた。ここまで短期間のうちに、今までのお客さんに立て続けに会うなんて、都合がよすぎるもの。

「口で説明するより体験した方が分かりやすいかと思ってね。どうだった？」

「……みんな、覚えていませんでした。蒼井くんたちのこと」

はっきりとは聞いていないけれど、恐らくあのラブラドライトのお客さんも。だって彼女は、私のことを「探偵さんみたい」と言ったのだ。

彼女は以前、この店で蒼井くんのことを「探偵さんみたい」と言ったのに。

なぜなのかは分からないけれど、蒼井くんがしたことは全部、彼女たちの記憶の中では私がやったことになっているのだ。明美も、パイロープガーネットのミナトさんも、ラブラドライトのお客さんも、みんな蒼井くんたちのことを忘れている。

「そうだろうね。だってこの店は、そういう店だから」

やっぱり隼人さんは、何もかも知っていると言わんばかりにあっさり頷いた。

「『そういう店』って、どういうことですか？」

「心の宝石のメンテナンスが完了したお客様からは、この店に関する記憶が消える。この店に来たこと、交わした会話、食べたもの、店員のこと、すべてを忘れるんだ。『護り石』が嵌まった金色の鍵は、どこかの店で自分が気に入って買ったという記憶になる」

記憶が、消える？

「どうしてですか……？」

「心の宝石のメンテナンスをする不思議な店。それが大々的になってしまえば、僕たちはこの仕事をやりにくくなる。そうなってしまったら、使命が果たせなくなるからさ」

使命が果たせなくなる。それはきっと、人の心を救う宝石魔法師として動きにくくなる、ひいてはその仕事ができなくなるということだ。

確かにそうかもしれない。石言葉通りの効果がある魔法の宝石たち。その効果は自分でもさっき経験済みだし、お客さんたちの様子も見て実感した。そんな綺麗で嘘みたいに素敵な宝石、誰だってほしいに決まっている。悪い人に見つかれば、悪用だってされる。だから危険なんだ。この店が、人の記憶に残るのは。

「でも、どうして私が会ってきたお客さんたちは私のことを覚えていたんでしょうか。さっき、店員のことも忘れるって言ってましたよね」

もし、この店でのすべてを忘れるというのなら。どうして私のことは覚えているのだろうか。だって、矛盾しているではないか。

「君はイレギュラーだからだよ、最初から」

「最初から……？」

なにがどうイレギュラーだと言うのだろう。しかも最初からとは、いつからなのだろう。

「君はまだ、れっきとしたここの店員じゃない。どちらかというと君は、君が会ってきたお客様の方に性質が近いんだよ。だから彼女たちは、君のことだけ覚えてた。本来なら店に関する記憶は全部忘れるはずなんだけどね」

「……はい？」

お客様の方に性質が近い？　言われている意味がさっきから全然分からない。理解不足の私を置いてけぼりにしたまま、「それに」と隼人さんは付け足して私の方へ笑顔を向ける。

「どうして君に、心の宝石が見えるんだろうね？」

意味が分からない上に、意図の分からない質問が私になされる。私は隼人さんの顔を見上げ、そしてその落ち着いた表情を見て悟る。隼人さんは私に聞いているんじゃない。もう彼の中で、答えは出ているのだと。

「それはね、悠斗がそう望んだからだよ」

私は言葉に詰まって、ただただ隼人さんを見るしかない。

蒼井くんがそう望んだ？　どうして？　と、疑問符が私の頭の中でぐるぐる回る。それに私が宝石が見えるようになったのは、確か……。

私の脳裏に、初めてこの店に訪れた時の光景が蘇る。プリズムが反射したみたいな虹色の光の中で立ち上がった蒼井くん。駆け寄ってきた黒猫姿のティレニア。あの時蒼井くんはネイビーのYシャツを着た店員姿で、それから。

彼の胸には、深い緑のような青のような色の、宝石のブローチが見えた。

そうだ。私は初めてこの店に来た時には、彼の宝石が見えていた。

でも、私が蒼井くんの顔を初めて見たのは今年の四月だ。学年の『王子』の存在を噂に聞いてはいたけれど、私自身はそれまで彼とは話したことがなかった。

隼人さんの言う通り、蒼井くんが私に「心の宝石が見えるように望んだ」なら、どうして最近同じクラスになったばかりの接点もないただのクラスメイトの私に、彼はそう望んだのだろう。

そこまで考えて、私はさっきの隼人さんの言葉を思い出した。

――心の宝石のメンテナンスが完了したお客様からは、この店に関する記憶が消える。

まさか。

「私が最初からイレギュラーって……『いつから』ですか」

「それは僕から話すと悠斗が怒るだろうから、本人に聞いてごらん」

あっさりかわされ、私は再び言葉を詰まらせた。隼人さんは得体の知れない笑みで再びアンティークのコンパスを取り出し、すっと目を細めた。

「てな訳で、君に頼みたいことがあるんだ」

「てな訳でって、どういう訳ですか。ちゃんと説明してあげてください」

それまでずっと黙っていたティレニアが、足元で私たちを見上げて突っ込みを入れる。

隼人さんはにこやかに「困ったねえ」と言いながら店の天井を見上げた。

「下手なこと言うと悠斗に怒られる未来が見えるから」

「まあそれもそうですね」

ティレニアが尻尾を揺らしながらあっさり頷き、引き下がる。私は状況がよく分からないままそこに突っ立っていた。

隼人さんから頼みごとなんて珍しい。役に立てるか分からないけれど、いったい何をすればいいのだろうか。

「あの、具体的に何をすればいいんでしょうか」

「お、やってくれるかい!?」

「私でお役に立てることでしたら」

「勿論、役に立ってくれること請け合いだよ。君にしかできないことだから」

よくぞ言ってくれました、と隼人さんが私の手を握ってぶんぶん振り回す。私は振り回されながら控えめにもう一度繰り返した。

「で、あの、何をすればいいんでしょう」

「悠斗をこの店に戻るように説得してほしいんだ。僕じゃ話聞いてくれないだろうけど、更紗さん、君の言葉なら悠斗は聞く」

私は蒼井くんの後ろ姿を思い出した。「何?」と淡々と返してきた彼を、「そっか」と踵を返したあの後ろ姿を。

いや、聞いてくれるのかな……。怪しい。

「だーいじょうぶ、この僕が保証するから」

バンバンと私の背中を叩いて隼人さんが笑う。その力が地味に強くて、私は前に少しつんのめった。視界の隅に「隼人が言うとなんだか怪しいですね」と頭を抱える黒猫が見える。小さな前足でまあるい頭を抱える姿は、こんな時だけどだいぶ和む。

「それに、そろそろなんとかしないとまずくてね」

「何がですか？」

私が体勢を立て直しながら聞くと、隼人さんは苦笑いをして肩をすくめた。その仕草もやたら様になる人だ。

「まずは君に心の宝石が見えるようになった件もだけど、それからこの前の牧田さんの件ね。おかしいと思わなかったかい？　そんなに都合よく、牧田さんのトラウマを呼び起こすような人物と遭遇するなんて」

「……確かに」

あの日、最初に明美の鍵を見た時。鍵に嵌まった青いアウイナイトの傷は浅く、護り石がまだまだその役目を果たし切っていないのが見て取れた。役目を終えた護り石は、一度壊れるはずなのに。

その時、蒼井くんは呟いたのだ。

「やっぱりこの傷だとまだちょっと早いな」と。

その直後に現れた他校生二人。そしてそこから、私たちはとんとん拍子に明美の話を聞くことになって。確かに今思えば、タイミングがあまりにも良すぎた。

「君、宝石魔法師の鉄則を知っている？」

「鉄則……ああ」

私はぼんやりと思い出す。

「『お客様に入れ込まない』ことだと、伺っています」

「その通り。教えてもらったのはそれだけ？」

「はい、それだけだと……思います」

記憶の中を探ってみても、他に聞いたことは出てこない。鉄則は、一つではなかったのか。

「まあ、当たり前のことすぎるからかもしれないね」

そう言って言葉を切り、隼人さんはたたえていた笑みをふっと消した。真剣な目に見つめられ、私はその場に固まる。

「当たり前だけど、大事なことだよ。『宝石の魔力を自己都合で使わない』。それが、もう一つの鉄則だ」

「自己都合で、使わない……」

それは確かに、当たり前のこと。力を持つものがその力を自己都合で振るってしまえば、結果が良いものにならないことは、分かり切っている。

「悠斗はここ一か月ほどで二つ目の鉄則を何度か破ってる。それも多分、無自覚にね。それだけに、このままだと力を暴走させる可能性がある」

隼人さんの表情は真剣なまま。あの如才のない笑みを彼が引っ込めたところを、私は初めて見た。

「ってことで、手遅れになる前に悠斗を連れ戻してきてほしい。これが君に頼みたいことだよ。……どうかな、やってくれるかい？　僕たち自身はこの店を留守にするわけにはいかないし、なかなか動きづらくてね」

いつも笑みを絶やさない隼人さんがこれだけシリアスな顔をしているということは、私が想像するよりまずいことなのかもしれない。そう思うと、断ることはできなかった。

それに……。思いかけて、私は首を横に振る。そんなことを考えている場合じゃない。

「分かりました、できる限りやってみます。すんなり話を聞いてくれるか分かりませんが……」

蒼井くんの後ろ姿を思い出して、私は再度、心の温度が下がっていく感覚を味わう。またあんな感じにあしらわれたらと思うと怖いけど、でも。

「大丈夫、僕が保証するって」

　また隼人さんがバシンと私の背中を叩く。痛いです、と振り返ると、隼人さんは柔和な笑みを取り戻していて、その表情で私は少し落ち着いた。

「ところで、蒼井くんがこの店に来ないって……彼は今、どこにいるんですか？」

「目星はついてるよ。あの子、倉庫の宝石を二個持ってってたからね」

　隼人さんは、満面の笑みで手に持っていた金色のコンパスをひょいと上に持ち上げた。


　そういうわけで、私は今ここにいる。この、海が見える駅のホームに。梅雨にしては珍しく雲が少なくて、今のところ雨は降っていない。

　隼人さんから硝子館で話を聞いた翌日である今日、私は授業が終わると同時にカバンを引っ掴んでダッシュで鎌倉駅の方に向かった。江ノ島電鉄のグリーンとクリーム色に塗装された車両に揺られ、そうして隼人さんに指定されたこの場所に降り立ち、私は今ここにいる。

『鎌倉高校前』駅。私は、この場所を知っている。

　鎌倉に住んでいるからだとか、鎌倉の中でもトップクラスに有名な駅だからとか、そういうことではない。こんなにも懐かしく思えたのも、思い返してみれば当たり前のことだった。

だって、ここは。

懐かしい空の匂いの中でぼんやりと思いを巡らせながらベンチに座っていると、電車が駅のホームにすべり込んでくるのが見えた。ドアが開き、そこからゆらりと人影が降り立つ。

私は思わずベンチから立ち上がった。

電車から降りたばかりの人影は、ホームに立つ私の方に目を遣り、その場に立ち止まった。その後ろで、来た時と同じようにゆっくりとした動きで、電車が走り去っていく。電車の車体で隠れていた、ホームから見える海の景色が、またその姿を前面に現していく。

「桐生さん……？　何してんの、こんなところで」

先に口を開いたのは、電車からホームに降り立ったばかりの蒼井くんだった。私は深呼吸を一つして、彼の方へと歩を進める。

「ここなら蒼井くんと話せるかなと思って、先回りしてた」

「……なんで？」

まただ。また、拒絶するような短いやり取りとそっけない態度。ひるみそうになる自分が、とても情けない。情けない、けど……。

私はいったい何をしたんだろう。

そりゃ、気だって利かないし、知らず知らずのうちに気に障ることでも言ったのかもしれない。でも、つい最近まで普通に話せていたというのに、なぜこんな態度を取られるようになったのか全然分からない。勇気を振り絞って話しかけてもこんな反応が返ってくるだけだし、廊下ですれ違う時も目を逸らされる。

そうぐるぐると考えているうちに、ふつふつとある思いが湧き上がってくる。

言いたいことがあれば、はっきり言ってくれればいいのに、と。

私は探偵じゃない。人の心が読めるわけでもない。何も言われないまま理由も伏せられたままで、分かるわけがないのだから。頭の整理が追い付かないまま、気づけば私は口を開いていた。

「私、何か気に障ることとした？　だったら、謝りたいの」

「……何もしてない。するわけない」

意外にも蒼井くんからの返答は早かった。私は拍子抜けして、それと同時に「じゃあなんでそんな態度なんだ」とさらに聞きたくなる。だけどその質問を私が発してしまう前に、蒼井くんはため息をついて歩き出した。

またこの展開か。追いかけるべきか否か私が迷って立ち尽くしていると、彼は顔だけ振り返って口を開いた。

「何してんの、置いてくよ」

そう言うなり、彼は駅の出口へ向かってすたすたと歩いていく。これは、ついていってもいいということだろうか。

私は我に返り、慌てて彼の後ろ姿を追いかけた。

ずんずんと、歩いていく。海を背にして、蒼井くんは住宅街を迷いなく歩いていく。その間、私たちに会話はなくて、私はその分、周りをじっと見つめながら記憶の奥底で懐かしいと叫ぶ自分自身の感覚に耳を澄ましていた。

ゆるやかな坂道をのぼり歩いていくと、蒼井くんはある家の前で立ち止まった。広い庭を有していて、奥には木々に囲まれた二階建ての家屋があった。洋館というと大げさだが、それに近い雰囲気の建物だ。えんじ色のスレートの屋根、柔らかなクリーム色の壁、出窓。屋根のてっぺんには黒い風見鶏が揺れていた。

その古風な家も素敵だったけれど、私の目を特に引いたのは、庭に群生している鮮やかなオレンジ色の花だった。少し湿った風にずらりと並んだその花は、まっすぐな茎を天に向かって伸ばし、小さな花をつけている。なんて花だろう?

「ああ、それはコウリンタンポポ。まだ咲き始めだからそのうちもっと咲く。さすがは『悪魔の絵筆』だよ。ぴったりだ」

私の視線の先を察したのか、庭に足を踏み入れながら蒼井くんが突然口を開いた。その口調は苦笑混じりで、蒼井くんの顔にも苦い笑みが実際に広がっている。

「ぴったり、って何が？」

「名前の由来もだし、この家の持ち主にぴったりってこと。俺の親父、画家だから」

蒼井くんはどんどん庭の中を突き進んでいく。私は目の前の小ぢんまりとした古い洋館風の家を見上げた。

「あの、ここって」

「俺の……というか、親父の家。今はほぼ空き家だけど」

「え」

そんなところに入っていいのだろうか。

「外だと雨降るかもしれないし。親父もどうせ帰って来やしないんだし、気にしなくていい」

余計気にするわ。そう思ったものの、淡々と玄関の鍵を開ける蒼井くんの横顔を見ていると、それは言葉通りの意味でしかないのだと分かる。自意識過剰が恥ずかしく、私は淡々と「分かった、お邪魔します」と答えた。

アーチ形をした木製の玄関ドアを押して一歩入ると、チューリップの花を逆さにしたようなランプが天井から下がっていた。

あれ？

記憶の奥底が揺れた。

私、ここを知っている。

玄関の奥にはすぐ小さな仕切りがあって、その横に階段があって、確か壁にステンドグラスがあって、それからその先に……。

「どうかした？」

玄関口で立ち止まってしまった私を、怪訝そうな顔で蒼井くんが振り返る。私の声はひとりでに震えた。

「ねえ、一つ頼んでもいい？」

「何？」

「二階、見せてもらってもいいかな？」

私がそう言うと、蒼井くんは黙ったまま私を見つめた。その目がじわじわと丸くなる。

「……いいよ。気がすむまで見て」

「ありがとう」

私は頭を下げて、ゆっくりと靴を脱いで家にあがる。そして大きく息を吸い込んで、ここを知っているという感覚の元を確かめに足を踏み出した。

私が感じた、その通りだった。小さな仕切り、その横の階段、そして階段から見える壁にはステンドグラスが本当にあった。

そのステンドグラスは見事だった。生い茂る木々、咲き誇る花菖蒲、紫陽花、白百合、そしてその草花の間をぬって飛ぶ一羽の鳥。それらをかたどったステンドグラスから差し込む光が、階段の上にいくつもの色を柔らかく落としている。

私は一歩一歩を踏みしめ、こげ茶色の木でできたどしりとした階段をのぼる。

暖炉——赤とブラウンのレンガの暖炉があるはずだと、確信しながら。

階段を上がり切った二階には、二つ扉がついている。白い壁に板チョコレートのような形の扉が並んで二つ。

向かって右側の扉を開けると、そこは明るい部屋だった。大きな窓がついていて、光がたっぷりと入り込んでくる造り。

そして。

「あった……！」

部屋には暖炉があった。壁に埋め込まれたレンガの暖炉だ。多分その使用目的を実際に果たしたことはないのだろう。火の気も、使った形跡も全くなかった。

「何か思い出した？」

後ろから声が投げかけられる。振り向くと、蒼井くんがカバンを直にチョコレート色の床に置き、壁に背をもたせかけてずるずると座り込んでいるところだった。

ちなみにこの部屋に家具はない。がらんとした部屋が、蒼井くんがもたれ掛かっている壁に嵌め込まれた大きな両開きの窓から差し込む光によって照らされている。

「前も言ってたね、何か思い出したかって」

「……ん。言ったね」

目のあたりを左手で覆いながら蒼井くんが答える。その表情は隠れていて窺えない。

「私、ここに来たことがあるんだね」

蒼井くんは何も答えない。だけど否定もしない。きっと、それが答えだ。

「私、蒼井くんと昔会ったことがきっとあるんだね。きっと、硝子館にも行っ――」

「そうだよ」

私が言葉を言い終わる前に、ため息混じりの蒼井くんの声が割って入る。私は足から力が抜けて、ぺたりとその場に座り込んだ。

思えば、最初の質問からおかしかったんだ。

――「桐生さん、どうやってここに来たの？」

五月に私が硝子館に足を踏み入れた時、彼が聞いてきたことは、質問としておかしい。どうやって来たも何も、硝子館への道はそんなに複雑ではない。鶴岡八幡宮から徒歩五分ほどの距離で、学校からも徒歩で来られる。

とすれば、彼の質問の意図はきっとこうだ。

――私が、「来るとは思わなかった意外な客」だったということ。

私が五月にあの店を訪れたときから、私に『護り石』は処方されていない。にもかかわらず、隼人さんは私のことを「どちらかと言えばお客様に近い」と評した。私はイレギュラーだとも。

つまり、私の立場は微妙なのだ。完全に新規のお客さんでもなく、ちゃんとした店員でもない。でも、お客さんに近い存在なのだ。

「あんたは、昔の俺の友人で、客だった」

――あの子には、助けられなかったお客様がいるんだよ。しかもそのお客様は、知人だったから。

「俺は、昔のあんたに『護り石』を処方できなかった。……失敗したんだ。だけど結果的に、俺に関わったその時の記憶、硝子館での記憶は、あんたの中から消えた」

蒼井くんが顔から手を離し、ちょうど彼の胸のブローチが見えるあたりにある制服の胸ポケットの中を探る。そうして黒いビロードの小さな袋を取り出した。

こっちに来てと手招きされて恐る恐る近づくと、蒼井くんは私の右手のひらの上でその袋を逆さにした。蒼碧色《そうへき》をした宝石と、茶色の宝石が転がり出てくる。

「これ……」

「二つとも、俺が店の倉庫から持ってきた」

私は目を見張った。茶色の宝石。その石は、倉庫の『青の宝石の棚』の一番端にぽつんとあった、プレート表示も何もない場所に置かれた瓶の中に入れられていた、茶色くすすけた宝石だったのだから。

「そっちの茶色いのが、その時俺の手元に残った桐生さんの心の宝石の写身。もうずっと、このまま」

手渡された茶色の宝石を、私は窓の方に向けて光に透かして見る。確かに色が濁っていて、メンテナンスする前の石だ。これが自分の心の宝石の写身だなんて、変な感じがする。それに、自分の心の宝石はアクセサリーの状態で自分の体には見えないのか。なら分からないはずだと、私は苦笑する。

でも、そうか。私と彼は、昔友達だったたんだ。「友人」と聞いて、どこか嬉しくなってしまった自分がいる。

「……昔の私、どんな感じだった？」

問いかけると、蒼井くんはぽかんと口を開け、一拍おいて突然笑い出した。

「このくだりで、気にするところそこなんだ？」

「う……だって、気になるし」

蒼井くんはくつくつとまだ笑っている。ひとしきり笑い終わった後、彼は「そうだなあ」と宙を見やった。

「……今更だけど、ちゃんと、昔の話をしようか」

そう言いながら、蒼井くんは何かを思い出すようにゆっくりと目を瞑《つむ》った。

――潮の香りの中で、少年は目を開けた。

まぶたの裏の暗闇から解放されると、潮の匂いはいくらか薄くなった。代わりに、眼前いっぱいに、階段の街から見下ろす海が見えた。

風にあおられて、長めの前髪が少年の眼鏡の上にかかり、視界を遮る。手に持っていた絵筆と絵の具のパレットをコンクリートの階段の上に一度置き、少年は階段に腰かけている状態から立ち上がった。風はどんどん強くなっているし、もはや絵どころではない。

「……帰ろ。ハヤトおじさん、うるさいし」

もう少しで、ここ最近よく少年の家に顔を出す叔父が来る時間になる。そうしたら今度は、宝石たちの世界に飛び込むことになるのだ。あの非現実的な硝子館の倉庫と店に慣れるために、当時の少年にはまだ心構えが必要だった。

「……それ、描くのやめちゃうの？」

片付けようとした矢先、急に背後から声をかけられる。不意をつかれ、声もなく少年はものすごい速度で振り返った。

そこには、見慣れない少女がいた。分厚いレンズの丸い眼鏡に、緩やかなウェーブをえがいた黒髪をもつ少女。

まさかそんなに驚かれると思っていなかったのか、真ん丸な目で少年を見返している。

「だ、だれ」

「きりゅう、さらさ」

舌足らずな声で返事が返ってくる。

「……どっちが名前で、どっちが苗字」

「きりゅうが、苗字」

淡々と答えが返ってくる。なんだか変な気分だった。学校では遠巻きにされているから、こうやって同年代の人間と一対一で会話をするのはひどく久しぶりな気がした。

「ねえ、それ、描くのやめちゃうの？　せっかくきれいな、海なのに」

言われて、少年は自分の手でさっきまで描いていた絵を見る。親のアトリエからくすねてきた道具で描いた絵を。青の色は貴重で使うと父に怒られるから、絵の具は学校で使うものを持ってきた。

そこには、不器用ながら自分で描いてみた、海の絵があった。

「別に、完成させる気ないし。どうせ俺は、父さんみたいにうまくない」

「……お父さん？」

不思議そうに聞き返してくる相手に、むくむくと意地の悪い気持ちが頭をもたげてくる。

『あれ』を言ったら、この子はどんな反応をするだろうか。

「うちの父さん、植北斗っていう画家なんだ」

界隈では有名な画家だった。地元なら知っている人間も多い。それを知っていていろいろ言ってくるクラスメイトは、あとを絶たない。

「そう、なんだ」

「そう」

落ちる沈黙。それきり言葉は続かない。

「……あの、なんかないの？」

沈黙に耐えかねたのは、少年の方だった。

「なんかって？」

「いやこう、すごいねとか、お前は大したことないんだなとか……」

「なんで？」

淡々と聞き返されて、少年は言葉に詰まった。

「だってお父さんと……ええと……」

きりゅうさらさと名乗った少女は、少年を指さしながら迷ったような顔をする。

「あおいゆうと」少年は少女の迷いを悟って名前を名乗った。

「ええと、あおいくんと、お父さんは、別でしょ？　お父さんはお父さん、あおいくんは、あおいくん。お父さんがすごいとかすごくないとか、そこには関係ないと思う」

　予想外の返しに固まる少年に、今日初めて少女は笑いかけた。

「でも、あおいくんはすごいと思う。絵きれいだし、この前、図書館で難しそうな本読んでた」

「……え？」

「図書館でよく見るから、もしかしてって思って。一昨日、図書館いた？」

「……い、た」

　それが出会って初めての会話だった。


　それから。学校は違うが家が近く、年も同じ小学三年生だということも分かって、二人はよく会うようになった。

　互いに話すのが苦ではなかった。黙って隣にいるだけでも、心地が良かった。

「蒼井くんよく読んでるけど、推理小説って、むずかしくないの」

「易しめのもあるよ。ホームズの『青いガーネット』とか」

「へえ、どんな話？　私も読む」

　互いに読んだ本を教え合ったり、感想を言い合ったり。

「今日は何描くの？」

「花。桐生さんも描く？」

「うん、描く！」

悠斗の家に立ち寄り、その庭で、悠斗が持ってきた画材で絵を描いたり。

ただただ、楽しかった。それだけで幸せだったのに。

――あれ、蒼井じゃん。誰、その子。

ある日、悠斗の家の近くで遊んでいたとき。よりによって見つかってほしくない人間に、見つかってしまった。

「だれだれ？」

「ほら、俺と同じ二組のジメジメくん。誰ともほとんど喋らんのよ」

「ああ、あの、パパが有名っていう」

同じクラスの男子とその友達の、男子陣三人だった。どうやら遊んでいた途中にこちらを見つけたらしい。

余計なことを、と悠斗は思った。そのまま通り過ぎてくれればよかったのに。

「へえ、眼鏡っ子どうし、お似合いじゃん」

「君、こいつと付き合ってんの？」

「え、え、あの」

更紗はすっかりうろたえていた。助けを求めるように、視線が悠斗に向く。

「蒼井、ひょっとしてこの子のこと、好きなわけ？」

「おおおお！　どうなわけ？」

口笛が吹き鳴らされる。にやにやとした顔が三つ、悠斗と更紗を見比べていた。

――そんな恥ずかしいこと、準備もなしに言えるわけない。それに。

そんな大事なこと、こんな奴らの前で言ってたまるか。

ぐるぐると言葉が頭の中を回る。

「……別に、好きじゃない」

気が付くと、そんな言葉がつい出ていた。

場がしいんとなる。慌てて顔を上げれば、さっきまでにやにや笑いをしていた男子たちはみんな一様に顔をこわばらせていた。

「桐生、さん」

彼女が泣いていたのだ。何も言わずに、静かに。

――俺のせいだ。

何もかも、不甲斐ない自分のせい。悠斗は思考停止した回らない頭で言葉を言おうとしたが、それを言う前に更紗の方が背を向けた。

「……ごめん、私、今日は帰るね」

いつもなら「またね」と言うのに、その日は「またね」の言葉がなかった。

それから数週間後。悠斗は驚愕の表情で、想いを寄せる相手である少女を、硝子館で客として迎えることになる。


「……っていうのが、昔の話」

そう言うなり、蒼井くんはふっつりと黙り込んだ。そしてまた、話し始める前のように目を閉じる。

私も私で、思いがけなかった過去の話にうろたえていた。

「ま、俺が未熟だったってこと」

「いや、それを言うなら私もだからね……」

私は先ほど蒼井くんから聞いた「はやし立てられた経緯」を思い返す。

今ならば。

今なら、照れ隠しなんだなとか察することができて、きっともっと、「別に好きじゃない」と宣言されたとしても納得することができただろう。色んな経験を経た、今の私なら。

とは言っても、傷つくことには変わりないけれど。でも、それまで二人ですごしてきた時間は、確かなものなのだから、それ一つで消える訳がないのだ。

でも、まだ幼い頃の私なら。きっとその言葉は、「完全な拒絶」に聞こえたことだろう。

よくあること。よくある話。よくある光景。

子供はその未熟さゆえ、発展途上であるがゆえ、軽やかで、深く意図していることなんてなにもなくて――だからこそ、残酷な時がある。

「だから桐生さんは」

「だから私は、硝子館に来たんだって？　蒼井くん、まさかそれ自分のせいだと思ってないよね？」

「……」

蒼井くんが黙った。だんだん読めてきたけれど、どうやら彼は図星をさされたとき、特に否定できないときに黙りこくるらしい。

「それだけじゃないよ、絶対。色々あったもの。覚えてるもの。大嫌いなあだ名で呼ばれることが嫌で嫌でたまらなかった、とか、見た目をバカにされることに耐えられなかった、とか」

子供は時に、残酷だ。

特徴的なイメージを取り上げてあだ名として定着させる。そしてそれを、「いじり」――彼らから言わせればコミュニケーションだ――に使う。それはそれは、見事な無邪気さで。

それがどんなに傷つくことであるのかは、当事者になってみなければ本当の意味では分からない。私はそれを、よく知っている。

「私、嫌でたまらなかったんだよね。『トンボ』とか『昆虫』ってあだ名で呼ばれるの。もう学校に行きたくないって思うくらい、嫌だったんだもの。多分硝子館に行ったのは、だからじゃないかなあ。遅かれ早かれ、蒼井くんのことがなくても、きっと私は硝子館に行ってたんだよ」

私の小さい時のあだ名は、『トンボ』もしくは『昆虫』だった。名付けたのは確か男子だったと思う。理由は、私のかけていた眼鏡のレンズが分厚くて、かけるとまるでトンボや虫のような顔に見えたからだった。

人によっては、「たったそれだけ？」と言うかもしれない。だけど。

人の痛みや不幸は比べることができない。その人にとって「痛み」であれば、それは紛れもなく「痛み」なのだから。

私にとってはそのあだ名で毎日呼ばれることが、嫌で嫌で。毎日充分傷つくほど、嫌な記憶だった。というか、トンボや昆虫と呼ばれて喜ぶ女子がいたら相当すごいと思う。

自分の容姿をいじられているのと同義。だから私は、いまだに人の顔、特に男子の顔が、目が、まっすぐ見られない。端的に言うと、自信がないのだ。

自分のバイト代で買ったコンタクトレンズを毎日つけ、頑張って見た目に気を遣うようになった今でも未だに。

「……そうだった。俺は小学校が違ったけど、知ってた。それで桐生さんが傷ついてるってことも、それで人の顔がまっすぐ見られないってことも。……高校生になって再会して、俺が近づくたびにビビってるの見て、まだ救えてないんだって思った。宝石も茶色いままだし」

俺のせいだ、と蒼井くんが呟く。私は思わず天井を仰いだ。

蒼井くんのせいじゃないと言っているのに、責任感が強い彼はまた懺悔《ざんげ》モードに入ってしまった。

「……う、目がまっすぐ見れないのはごめん。でもそれ、蒼井くんのせいじゃないから」

「避けられてるのかと思った。俺が近くに立ってるのに気づくと、幽霊にあったみたいな反応するし」

「それもほんとにごめん……」

「もう避けないって約束してくれるなら許す」

あれ、これ私が責められてる流れ？　蒼井くんの返しに顔をあげると、彼は悪戯っ子みたいな表情でこちらに視線を向けて笑っていた。私は少し安心して、自分の口角が上がるのを感じた。その感情に勇気を貰うように、私の口から言葉がついて出る。

「……蒼井くんも約束してくれるなら」

　私がそう返すと、蒼井くんはバツが悪そうに頭をかいた。

「避けられてるのかと思った。話しかけても素っ気ないし、バイトには来なくていいって言うし、目は逸らされるし」

「俺も人のこと言えないか」

　ごめん、と声が隣から聞こえてくる。

「俺、昔と同じことしかけてた。心の宝石のメンテナンスが完了したら、あんたは俺を忘れる。……忘れて欲しくなかったんだ。そんなこと、願っちゃいけないのに。俺は同じことを願って、昔失敗したのに」

　私の握りしめた右手の中で、何かが動いた。多分手汗だ。緊張して、のどがかわく。

「俺は昔、桐生さんの心の宝石のメンテナンスに失敗した。忘れられるのが怖くて、未熟だった俺は『忘れないでほしい』って思って……魔力を暴走させた。その結果がこれ」

　彼の話を聞きながら、私はぼんやりと納得する。隼人さんが言っていた宝石魔法師の二つの鉄則のうちの一つ、『お客様に入れ込まない』。それはきっと、今、蒼井くんが言ったようなことを防ぐためだったのだと。

「牧田さんが硝子館に来た時、正直怖かった。自分と関わりがある人間の記憶から自分の存在が消えてるのを目の当たりにするのって、結構きついんだよな。そんで、もっと怖くなった。もし今回桐生さんの件が解決したら、俺たちはまたきっと他人に逆戻りだろ。だからバイトにしばらく来ないでって言ったんだ、余計な事言う人が今あそこにいるし」

蒼井くんがどこか遠い目をして呟きのように言う。余計なことを言う人って、確実に隼人さんのことだな。

「そっか。よかった、嫌われたわけじゃなくて」

色々かけたい言葉はあったけれど、今は何を言っても取って付けたように聞こえる気がして、私はそう言って笑って見せた。手の中がさらにうずく。

「嫌いになんて、なるわけないだろ」

やれやれとでも言うようなトーンのセリフだったけれど、私はここ最近で一番、その言葉に安堵感を覚える。そうか、嫌われたわけじゃ、愛想をつかされたわけじゃ、なかったんだ。

そう思うと同時に、――パキンという音がその場に響いた。

私と蒼井くんは凍り付いて、お互いに顔を見合わせる。

「何、今の音」

私は首を傾げて、無意識に握りしめていた右のこぶしを解いた。そして、その手のひらの上を見て息を呑む。

「あ、蒼井くん、ごめん」

「何が？」

「宝石、割れた……」

「え？」

蒼井くんが目を丸くして私の手のひらの上を覗き込む。

私の手のひらの上では、蒼碧色をした宝石の方がぱっくりと割れていた。深い森の奥に神秘的に佇む、水底が見えるほど透き通った湖みたいな、蒼碧色の宝石の方が。

そしてもう一つ、私が持っていた宝石には異変が起こっていた。

「あれ、茶色の宝石は？」

くすんだ茶色の宝石が消え、代わりにオレンジ色の宝石がそこにあった。空の薄雲から漏れ出る太陽の光の下で、その宝石はオレンジと、時折強く鮮やかな赤い光を揺らめかせている。蒼井くんはそれを見て顔色を変え、床から立ち上がった。

「見えづらいから、電気つけてくる」

部屋の中の明かりがつくと、柔らかく温かみのある白熱灯の明るい光が部屋を照らした。

「あ」

「今度はどうした？」

「蒼碧色だった方、色が変わった」

カラーチェンジだ。ブドウ酒のようなバーガンディー色、紫みのある赤色へと変色した宝石を見つめながら、私は蒼井くんに答える。

「ああそれ、アレキサンドライトだから」

そう言いながら蒼井くんの手が私の手のひらからオレンジの宝石をひょいと取り上げた。彼はまたもとの場所に座り直しながら、その宝石を照明の方にかざし、ため息をつく。その口から「そっか」という声が漏れ出た。

「メンテナンスが終わったのか」

「メンテナンス？」

「桐生さんの心の宝石のだよ。昔鑑定したから間違いない。これ、パンプキンダイヤモンドだ」

パンプキン、かぼちゃ。鮮やかなオレンジ色。どこかこの家の庭に咲いているオレンジの花、コウリンタンポポに色が似ているダイヤモンドだった。

「ええとつまり、私にとってはこのアレキサンドライトが『護り石』だったってこと……？」

「そういうことになるね。完全に予想外だったけど」

蒼井くんが戸惑ったような口調で肩をすくめる。

「予想外だったんだ」

「言ったろ、俺はあんたに処方できなかったんだって。全くの偶然だよ、参ったな……」

蒼井くんは壁に背中を完全に預けてぼんやりと宝石を見ている。彼のその姿を見て、そして彼の左胸に目を遣って、私は思わず息を呑んだ。

彼の左胸に見えていたブローチが変色している。さっきまでと違って、濃い赤ワインのような色に見えるブローチが、そこに留まっていた。

「なるほどね。『出発』、『安らぎ』、『沈着』、『情熱』、それから『秘めた思い』か」

ぶつぶつと呟く蒼井くんの言葉に、私は我に返る。

「なんの言葉？」

「アレキサンドライトの石言葉」

そう言いながら、蒼井くんは長いため息をついた。

「これであんたは、忘れるのかな」

心の宝石のメンテナンスが終わった私は忘れるのだろうか。硝子館であったこと、蒼井くんと交わした会話。それを全部、忘れるのだろうか。

「……それは、嫌だなあ」

言葉が口から滑り出る。よく分からないまま不思議な業務に巻き込まれ、蒼井くんの不敵な言動に振り回されて、黒猫から美青年に姿を変えるティレニアや如才ない笑みをたたえた隼人さんに翻弄されて。学校からそんな不思議なバイトに行き、家に帰って家事をしつつお母さんの帰りを待って。硝子館に行くようになってから目まぐるしい毎日だったけど、すごく、すごく。

すごく、楽しかったんだもの。ここにいたいって思ってしまったのだから。

「だって私、忘れたくないもの。またあそこで、」

蒼井くんと会いたいのだから。そう言いかけたところで、スマホの着信音が何もない静かな空間に鳴り響いた。

「……叔父さんだ。タイミングよすぎるな」

蒼井くんが大きなため息をつく。

「発信元も見てないのに、なんで分かるの」

「あのおっさんめんどくさいから、専用の着メロにしてるんだ」

「あ、そうなんだ……」

とことんめんどくさがられてるな、隼人さん。蒼井くんは苦々しい顔でスマホをスピーカーモードにして、床に置いた。

『やあ、話は終わったかい?』

蒼井くんのスマホからこの雰囲気に似つかわしくない、飄々とした隼人さんの明るい声が飛び出す。

「話ってなんの」

『いやー、アレキサンドライトの方の反応がコンパスから消えたから、終わったのかと思って。更紗さんの心の宝石のメンテナンス』

蒼井くんの短い返答に、隼人さんの饒舌《じょうぜつ》な返し。蒼井くんはますますむすりとした顔になった。

「……知ってたんだ」

『僕を誰だと思ってるんだい。君の叔父だよ、なんでもお見通しさ……って待って待ってユウくん、まだ用件言ってないから切らないで！』

蒼井くんの手が、まさにいま『電話を切る』ボタンをタップしようとしていた直前で止まる。

「用件って何？」

『いや、ちょっとお忘れでないかなと思って連絡したんだけどさ。メンテナンスが完了してはいメデタシ、じゃないからね？　まだまだ更紗さんには目いっぱい働いてもらうから、ちゃんと連れて帰ってきて。——宝石魔法師との契約は、絶対だからね。更紗さんの記憶も消えないし、もう彼女はこっち側の人間だ』

「え」

蒼井くんの目がみるみるうちに丸くなる。そんな彼のことはお構いなしに、隼人さんは『ってことで更紗さんに代わって』と言い出した。

宝石魔法師との契約は絶対。私は、あの店で働くと彼らと契約を結んだ。ということは、今の隼人さんの言葉は裏返すと「君はまだ硝子館にいていい」という意味になるのでは……。

「はい、桐生です」

黙ったままの蒼井くんに代わり、私は躍る胸を落ち着かせながら、スマホに向かって声を投げかける。

『君の『護り石』の語源は元をたどればギリシア語のアレクサンドロス。『守護するモノ』って意味なんだけど、ぴったりだと思わないかい？』

「……はい？　あの、どういう意味ですか」

『君には分かるはずだよ。だって君たちは、相互作用してるんだもの。じゃあ、またあとで』

それだけ言って通話は一方的に切れた。いつもながら謎な発言ばかり残す人だ。

「蒼井くん、今の意味……って、どうしたの？」

私が蒼井くんに話しかけながら彼の方を見ると、彼はその場に固まっていた。

「やべ、壊れた……」

何やらぶつくさ言っている。

蒼井くんが凝視しているのは、彼の手のひらの上だった。そこには真っ二つに割れたオレンジ色のダイヤモンドが光っている。

「なんで壊れるんだ？」

そう言いながら呆然とした顔で当惑している。

そうか、蒼井くんは知らないんだ。自分の胸に再び、自分の心の宝石が現れていることを。私は彼の胸に目を遣って——さっきの隼人さんの言葉の意味を知る。

蒼井くんの胸の上のブローチは、一瞬その赤紫の色を煌めかせたかと思うと、次の瞬間、私の目の前から跡形もなく消え去っていた。

昼の太陽光の下では蒼碧色に、白熱灯の下ではワインレッド、バーガンディー色に変わる宝石。それが、アレキサンドライト。彼の心の宝石。『沈着』に『情熱』なんて、確かに彼にぴったりだ。

落ち着いていて動じない冷静さを見せる一方で、その裏ではお客さんのために駆けまわり、その心を救うために尽力する。クールな部分と、熱い部分と。まるでアレキサンドライトのカラーチェンジみたいだ。

——アレキサンドライトの石言葉は『出発』、『安らぎ』、『沈着』、『情熱』、それから……。

「そういえば、蒼井くん」

ため息をついている蒼井くんに向かって話しかけると、彼はのろのろと顔を上げた。

「……何？」

「なんでアレキサンドライト持って来たの？」

私は自分の手のひらに残っている、二つに割れた蒼碧色の欠片を持ち上げる。

「そいつだけ、倉庫の宝石の中で俺を主として認めなかった最後の石だったから」

「じゃあ、アレキサンドライトが蒼井くんを認めたら『護り手』になれるの？」

「そういうこと」

なるほど。多分だけれど、私はどうしてアレキサンドライトが彼を「認めなかった」のかが分かった気がした。

一番付き合いが長くてずっと一緒なのに、一番分かりにくくて厄介なのは、きっと自分の心だと思うから。

蒼井くんの『心の宝石』は、アレキサンドライト。私の『心の宝石』は、このオレンジ色のダイヤ。さっき隼人さんは、私たちのことを「相互作用する」と言っていた。つまり、それは。

私のパンプキンダイヤモンドは、アレキサンドライトが壊れた瞬間、綺麗になった。蒼井くんのアレキサンドライトは、パンプキンダイヤモンドが壊れた瞬間、綺麗になった。

――私たち、きっと。

お互いがお互いの、『護り石』なんだ。

「あーあ、それよりこのダイヤモンドだよ……しばらく立ち直れないかも俺」

がっくりと肩を落としながら蒼井くんがうめく。落ち込んでいる様子が見て取れる彼の肩を眺めながら、私は質問を重ねてみた。

「どうしてこのダイヤ持って来たの？」

「……」

答え、なし。私は質問を変えてみた。

「このダイヤの石言葉ってどんなのがあるの？」

「……強いて言えば、『調和』と『安らぎ』」

「強いて言えば？」

私が首を傾げると、蒼井くんはぼんやりとした顔でオレンジ色のダイヤの欠片を照明の方向にかざした。

「オレンジダイヤ、ましてやこのパンプキンダイヤモンドと言えるくらいビビッドな色のダイヤモンドは希少価値がとてつもなく高くて、奇跡の石って言われてる。だからそこまで石言葉が定められていないのさ。石言葉は、『意志言葉』。人間がその石に願うイメージを反映して、石言葉は付けられる。オレンジのダイヤは希少すぎて、まだ十分に石言葉が付けられてない」

まだまだ研究の余地があるんだよ、と言いながら蒼井くんは石を見つめている。その顔にだんだんと笑みが浮かんでくるのを私は見た。

「てなわけで、それに関しては桐生さんにも手伝ってもらわないとね」

「へ？」

「パンプキンダイヤモンドはあんたの心の宝石。つまり、あんたといればその宝石についても知ることができる。これからも一緒に働いてもらうし、一石二鳥だ」

蒼井くんがにっこりと笑いながらこちらを向く。いつもの笑顔がやっと見られるようになってほっとした瞬間、彼の手が私の腕を引っ張った。

「てことで、一緒に戻ろう。硝子館に」

彼はそのままずるずると私を引っ張っていく。

「てことで、って」

引きずられつつ蒼井くんに話しかけると、彼は片眉を上げてこっちを振り返った。

「……ひょっとして、もう来たくない？」

「いやいやいやそんなことは！」

私はぶんぶんと頭を振る。蒼井くんはちょっとだけ目を見開き、そしてニッと口角を上げた。

「じゃ、決まりだ」

彼は私の腕を掴んだまま、階段をゆっくり下っていく。私はそんな彼の後ろ姿を眺めながら、ぼんやりと思っていた。

おこがましいかもしれないけれど、少しだけ、ほんの少しだけなら、期待してしまってもバチは当たらないと思う。

私が硝子館に行った時、彼の胸に見えた宝石。私が硝子館でバイトを始めるようになってからは、見えなくなったその宝石。そして私が行かなくなってから、また見え始めたあの宝石。

私は知ってしまったからだ。

——アレキサンドライトの石言葉の一つは、『秘めた思い』だということを。

「行こうか」

蒼井くんが玄関のドアに手をかける。大きく、開け放つ。

ドアを開くと、広がる草花の中にコウリンタンポポの群れが見えた。

「そういえばパンプキンダイヤモンドって、あのタンポポの色に似てない？　ええと確か、別名が『悪魔の絵筆』……」

……悪魔か。なかなかハードな別名を付けられたものだ。それ呼ばれても嬉しくないな。

私がぼんやり言うと、鍵を閉め終わった蒼井くんがニヤリと笑った。

「いや、もう一つ別名がある。もっとマシなやつ」

「マシなやつ？　どんなの？」

「『ビーナスの絵筆』、だってさ」

ビーナスの絵筆。ローマ神話の、愛と美の女神だ。

私の横から、蒼井くんが庭へと駆けていく。

「早く来ないと、置いてくよ」

彼は立ち止まり、振り返ってそう言った。私はその姿をまっすぐに見て、強く頷き、歩き出す。

さあ、行こう。

私は彼と歩いて行こう。そしていつか、蒼井くんの宝石はアレキサンドライトだと、その語源は『守護するモノ』――つまり『護り手』なのだということを、彼にも話そう。

彼は『護り手』で、そして同時に私の『護り石』だ。

夕暮れに染まり始めた空の下で、蒼井くんが優しく微笑んだ。

fin.

あとがき

初めまして、瀬橋ゆかと申します。お久しぶりです、の方もいらっしゃるかもしれません。本書をお手に取って、そしてここまで読んで下さり、ありがとうございました。

宝石魔法師の不思議なお話、いかがでしたでしょうか。

本作は私の「願い」を出発点にして、執筆させていただきました。

辛い時、「辛い」と声に出して言えない人。頑張っても報われなくて、悩みを一人抱え込む人。そうした人たちが、一生懸命もがいて生きて、生きて、それでも誰にも言えないどうしようもない暗い澱を心に日々降り積もらせ、それが限界まで達してしまいそうな時――手を、差し伸べてくれる場所があったなら。掬い上げてくれる場所が、あったなら。

誰にも言えなかった話を聞いてくれて、救ってくれる場所が、あったなら。

この本は、そんな私の「願い」と、私の好きな「きらきらしたもの」や「石言葉」を組み合わせて生まれた物語です。

複雑な「人の想い」に真摯に寄り添い、向き合っていく主人公たち。そんな登場人物たちの出会いや次の一歩への踏み出しが、少しでも心に残れば幸いです。

そして、この物語自身も、更紗たちと同様、たくさんの「出会い」で紡がれています。

担当編集の尾中さま。優しく暖かい言葉を紡いで下さる、本当に素敵なお方です。尾中さまのお言葉に何度も励まされ、ここまで来ることが出来ました。心より、感謝申し上げます。

装画を描いて下さった、前田ミックさま。私が思い描いていた以上に、素敵に硝子館や主人公たちを描き出して下さり、イラストを拝見した瞬間、心を鷲掴みにされました。素晴らしすぎるイラストを、本当にありがとうございました。

そして、マイクロマガジン社の皆様。書店員の皆様。そしてそして、世間に数多あふれる膨大なコンテンツの中から本書を目に留め、手に取って下さった『あなた』へ。

本当に本当に、ありがとうございます。皆様との嬉しい出会いのおかげで、この物語は存在できています。

願わくは（私の我儘ですが）、いつかふと、例えば鎌倉を訪れた時、ガラス雑貨を見た時、天然石や宝石店の店先を街中で見かけた時――「そういえば、昔読んだ本の中に石言葉のお話があったな」と、少しでも思い出していただけたなら、この上なく嬉しいです。

それでは、またどこかでお会いできますように。

二〇二二年一月吉日　瀬橋ゆか

ことのは文庫

鎌倉《かまくら》硝子館《がらすかん》の宝石《ほうせき》魔法師《まほうし》

守護《しゅご》する者《もの》とビーナスの絵筆《えふで》

2022年1月27日　初版発行

著者　瀬橋《せはし》ゆか

発行人　子安喜美子

編集　尾中麻由果

印刷所　株式会社広済堂ネクスト

発行　株式会社マイクロマガジン社
URL：https://micromagazine.co.jp/
〒104-0041
東京都中央区新富1-3-7 ヨドコウビル
TEL.03-3206-1641 FAX.03-3551-1208（販売部）
TEL.03-3551-9563 FAX.03-3297-0180（編集部）

本書は、小説投稿サイト「エブリスタ」（https://estar.jp/）に掲載されていた作品を、加筆・修正の上、書籍化したものです。
定価はカバーに印刷されています。

ISBN978-4-86716-233-0　C0193
乱丁、落丁本はお取り替えいたします。